GOBOOKS
& SITAK
GROUP©

U0000260

鹿角

爲妖界的現任管理者，
眞身是千年大鹿，修煉出強悍的肉身，妖力深不可測。
面容粗獷，看似性格爽朗、有點急性子，卻意外有著細膩的一面。

芙蓉

妖界的副管理者，
是鹿角從人間帶回來的芙蓉盆栽，在妖界中成妖，眞身是芙蓉花。
心中最重要的人就是鹿角大哥。
性格驕縱，不喜與人親近，
卻特別喜歡雲娘，認雲娘爲自己的乾妹子。

三日月

三日月

輕世代
FW064
歲時卷之
繁花綻放時
下
逢時 著
Sawana 繪

歲時卷之 繁花綻放時 下

第八章　子母神

堂上的閻王清清喉嚨。

一室的人都肅穆以對，這是一個重要的時分，關係到妖界與陰間的關係，更牽扯到大妖雲娘的發落輕重。

「堂下花妖雲娘，屏氣凝神，靜聽此判詞……花妖雲娘，嚴重損傷凡間男魂四名，以及私藏凡間人魂十二名，並打傷本閻王殿麾下陰差兩隊，其該受毀魂滅體之刑……」

他的聲音清朗，卻讓水煙的心直往下沉。

「但由駐地之靈珥蛇君，為其改過向善之擔保，故今日所判，將從輕發落。」

閻王無奈的念著，他也很不想這樣打自己的臉，剛剛才說了不得讓水煙替人求情，現在就這樣朝令夕改，但是判詞要傳至妖界，又不能於今日堂上說得不清不楚。

還不是那隻不分輕重的珥蛇！

在他要進入沉眠之前，還背著水煙偷偷地來了閻王殿一趟，千交代萬交代，不管怎樣都不能重罰雲娘，一定要留她陪著水煙！

不然他下次甦醒的第一件事，就是踏平他的閻王殿！

閻王抹抹臉，他可憐的宮殿現在是招誰惹誰了？天可憐見，他也想乾脆讓珥蛇拆了這裡，這樣他就不用日夜跟永無止境的卷宗相伴了！

他搖搖頭，又繼續唸著判詞，「故閻王殿與妖界十位使者共商之後，一同決議收回其花妖雲娘千年道行，回復其花魂之身，並發落回人世，命其重頭修煉，不得再傷人。」

一旁的妖界使者對此決議，互相看了一眼，共同點點頭，算是同意了。

此時，最高位上頭頂一對鹿角，雙眼圓睜如圓月晶亮的使者，接著站起身來，伸出厚實又暗藏勁道的手掌，對著雲娘虛空一抓。

堂下的雲娘，頓時痛苦的彎下腰來，額頭差一點就撞上地上的青石板，她雖緊緊咬住了下唇，口中還是忍不住發出了淺淺的呻吟聲，嚇得一旁的水煙臉色都白了。

隨著鹿角使者的指引，雲娘身上的靈氣逐漸稀薄，淺綠色的靈氣快速往堂上飄散，幾個眨眼的時間，她的靈體就褪回飄渺的花魂之身，臉上一陣蒼白，頓失近千年道行的懲罰，讓她搖搖欲墜的跪在堂下。

閻王又咳了幾聲，繼續宣讀判詞。

「另外，為使其明瞭大道之本意，往後不再恣意干擾輪迴，再罰花妖雲娘隨侍陰官水煙，派駐於人間，記載人魂轉生後的諸多事宜，並一同協助人間的大道運行。」

他念至此，一張紙絹輕飄飄的往下飛，墜落在雲娘手上，雲娘一展開來，上頭的名字竟這麼熟悉，雲娘輕念出聲，這些都是那些孩子們的今世姓名、來世的出生時辰，以及外表特徵跟各戶人家的紀錄。

「我可以去看她們了……我知道她們在哪裡出生了！」雲娘頓時熱淚盈眶。

閻王眨眨眼，又咳了兩聲，「咳咳，只能觀看並且記錄。妳就先從這些人魂開始實習吧！其餘的名單，會在之後讓陰官水煙帶給妳，這般可好？」

雲娘抖著唇，雙膝跪地，深深彎腰，叩謝閻王。

她打從心底深深的感激著，她沒有想到犯了諸多錯誤的自己，還能得到如此的寬厚，甚至為了消弭她內心的最後一點疑慮，閻王還把孩子們的轉生之處都告訴她了……

閻王看著雲娘的反應，今日實在過足了一把清官斷案的癮，雖然因為珥蛇的干預讓自己稍減了威風，但皆大歡喜的判決人人愛下，他也不例外嘛！

堂上的他非常滿意，微微點頭之後，又重重一拍驚堂木，在兩旁陰差大喊的威武聲中，兩側的判官與妖界使者，各自離席。

身穿黑袍的判官們，整齊有序的從各自的位置上一一退下，妖界使者則是隨性一些，施展了各自的法術，在五光十色的燦爛術法當中，消失在自己的座位上，離開了陰間。

從陰間出境之後，他們回到了小島上。

水煙也趁著這段時間的公假，親自陪著雲娘在島上漫遊一陣，並尋個地方讓雲娘棲身。

他心中對雲娘總是有一分愧疚。

她現在是花魂了，失去近千年道行傍身，又不比當年的好運氣，島上移民文化夾雜，東西方妖怪都混雜其中，得小心謹慎。

要落腳在哪裡呢？雲娘倒是有個自己的想法。

他們走過了幾個大城市，從雲娘本來所在的南端一路向北，最後又折了回來，選定了中都，一島的心臟地帶，雲娘自己想過了，既然她要照看那幾個孩子，不如就選個中間地帶，也好來回奔波。

只是可憐這兩個傢伙，一個是不世出的大妖，避居人間已經好久一段時間，至於水煙更甭提了，還在適應凡人帶給他的諸多震撼呢！

既然要在繁榮的中都落腳，那就不能像以前一樣，隨意在山林之中建個庭院了，得借居凡人的屋宅，兩人苦思了老半天，還是不知道要怎麼跟凡人開口。

最後實在沒辦法，水煙只好敲敲路邊的土地公廟，把中都當地一隅的老土地給叫了出來，好聲好氣的問了一遭——到底哪裡能夠讓雲娘棲身？

畢竟她現在只是一介花魂，凡事都得小心謹慎。

「你們要住在我這老土地的附近？」老土地公瞇細了眼睛，胸前一把白髯長至腹，他看看水煙，又看看雲娘，滿臉不信任，「你們別來給我添亂啊！凡人狗屁倒灶的事情可從來沒少過，光我一個老土地就快忙得腳底生煙了……」

水煙只得好聲好氣的安撫著老土地，「您快別這麼說，您看吧！這位可是久居小島的大妖雲娘啊！多少眾生受過她的庇護，您難道沒聽說過嗎？」

雲娘臊紅了臉，輕輕掙脫水煙抓住她的手。

不過老土地這下子倒是哦了一聲，「大妖雲娘，這我老人家是有聽過沒錯……」從懷中掏出一副老花眼鏡，戴上了之後，仔仔細細的瞧了一回。

「花妖雲娘？看著不像啊！這道行依我看，也就初生個十年八年的小妖吧？而且據說大妖她久居南方，已經很少北上了。」

老土地一臉懷疑，彷彿水煙正在誆他呢！

「是真的，您老相信我們吧！」水煙勾上了老土地的肩膀，「供品什麼的，也都是可以商量的喔，還是您想打點一下陰間的家人……看見我穿什麼了吧？我可是陰官啊！」

老土地頓時咬牙切齒，「這是賄賂，明目張膽的賄賂啊！」

但是氣得面目猙獰的他，卻忽然壓低聲音，靠向水煙的腦袋邊，兩人咬起了小耳朵，「我有個小孫女，前年生病走了，應該尚未投胎，你幫我看看她在陰間現在過得如何，行嗎？」

水煙笑得如沐春風，「當然，您老的事情，我一定立刻幫您優先處理，那……我們家雲娘落腳的地方？」

老土地撇撇嘴，為了孫女只好壓榨一下自個的孫子了！

「行了行了，我叫我孫子讓個房子出來！就住對面那棟大樓，房子挺舊的，但是風水不錯，日照充足，委屈兩位大佛暫住小廟了，你們倆就在這看看，還滿意吧？」

「滿意滿意！您老肯幫這個忙就再好不過了，我們怎麼還敢哼哼唧唧！」水煙拉著雲娘，兩人齊齊彎腰，答謝老土地的幫忙。

果然，老土地這人有信用，說話算話！

七日之後，他們幻化為常人，抵達土地公廟的前方，竟真有一年輕男子，身穿整套的西裝，戴著金色的細框眼鏡，站在廟簷的屋頂下，一臉半信半疑的四處張望著。

化成常人的水煙跟雲娘，緊張的互看一眼，各自拉拉身上的衣服，這兩個傢伙實在是太久沒有接觸人間，這現代人的衣服上身之後，竟怎穿怎彆扭。

雲娘還好，依照過往的習慣，一件上身短衣，加上一襲過往常穿的長裙，也能簡單蒙混過去，至少在人群中不太扎眼。

但水煙可就大大不習慣了，光是一件牛仔褲就讓他折騰了一個上午，差點沒把服飾店的店員給嚇壞。

說到底這兩人也是規規矩矩，竟十足十的依循了人間的習俗。

「就是你們兩個？」站在土地公廟門前的年輕人，一臉不滿的瞪著他們，他摘下眼鏡，捏捏鼻梁，「竟然還真的有人來，不是我在作夢！」

這個年輕人名叫楊凌雲，就是老土地的倒楣孫子，祖上本來留了一些房產給他，雖然地段不錯，卻都是嚴令不准變賣的，這個楊凌雲自己事業有成，也不曾打過那些房產的主意。

但自己前天深夜睡得好好的，竟然夢到了自己的阿公，拄著枴杖前來託夢！

楊凌雲本來以為自己在作夢，但是這夢境內容卻記得清楚萬分，彷彿就像真的一樣！他日日醒來之後，都還清楚記得夢境的內容——自家的阿公，要他把土地公廟對面的七樓給讓出來，讓給一對在七日後，正午時分，來到土地公廟前等候的男女。

本來是不相信的，自己的阿公都死幾十年了啊！到底誰會相信這種玄到極點的事情！會相信的是傻子吧？

但是鐵齒的楊凌雲很快就知道自己慘了，在夢裡的阿公彷彿知道他不信一般，惡狠狠的用手上的枴杖抽打他，打得他在夢裡屁滾尿流的哭嚎。

連醒來都還是一身的冷汗呢！

但是更驚恐的在後頭，半夜嚇醒之後，乾脆來廁所小解的楊凌雲，從鏡子當中，看著自己身上一片片瘀青的抽打痕跡，貨真價實的在大半夜傻了。

這些瘀青一摸就痛，嚇得自己的老婆，還以為自己在外頭惹是生非，才會招惹上這些妖精鬼怪！趕緊四處求神拜佛。

結果害他連喝了幾天符水，差點沒一命歸西。

最最最嚇人的是……自己的阿公還天天都來！

倒楣的小孫子楊凌雲很快就投降了，反正那層七樓也是祖產，而且按照時間算下來，應該也是阿公的房產才對，既然自己的阿公有了處置，那自己這個孫子也只能乖乖照辦啦！

這也就是楊淩雲今日會帶著一身瘀青還沒褪乾淨的傷痕，在今日正午時分，臨時從一場公司的重要會議中缺席，一個人出現在土地公廟面前的原因。

「你們應該就是我阿公夢裡說的人吧？」楊淩雲沒好氣的掏出鑰匙，拉起水煙的手，也不管對方的意願，一股腦的塞在他的手心中。

「你家阿公是哪位？」水煙二丈金剛摸不著頭腦。

「隨便啦！你們認識也好，不認識也罷。反正我阿公說要借給你們住，鑰匙上面的紙條有我的電話，想搬家了再打給我一聲吧！」

楊淩雲摸摸手臂上的瘀青，嘶了一聲，要死了！自己的阿公下手還這麼重！他憤憤的轉頭就走，也不管後頭的雲娘跟水煙叫嚷的聲音。

他現在只希望能夠回家睡上長長的一覺，然後不要再看見自己的阿公了！

上帝保佑、媽祖保佑、佛祖保佑。

滿天神佛保佑保佑。

能夠重新再回到人間，還能與水煙相逢，雲娘已經覺得很慶幸了。

何況她很喜歡老土地的房子。

這間房子就在土地公廟的正對面，一棟小小的大樓只有七層，屬於有電梯的老公寓，老土地借給雲娘的房子，就在七樓，視野不錯，更重要的是採光明亮、通風良好。

房子雖然舊，卻保養得不錯，牆壁跟磁磚都乾淨整齊，剛搬進來的時候，因為是空屋的關係，看起來非常寬敞，再讓雲娘花了點巧思整理過後，小小的兩房一廳，可以稱得上是相當溫馨舒適。

前後兩個陽臺，恰好一南一北，都讓雲娘栽滿了適合的植物，耐陰喜寒的綠蘿跟茉莉、偏日喜光的石榴跟紫藤，都各自適得其所的安居樂業，而雲娘自己的真身，就安安穩穩的擺放在後陽臺的女兒牆上。

一屋子綠意，人也神清氣爽。

雲娘定居中都之後，一改過去避世的習慣，日日天未亮就提著菜籃上菜市場。

在過去的年歲當中，她避世得太久了一些，現在得多接觸人群（或者眾生），才有可能加快增進修煉的進度，拾回被剝奪的道行。

而常常上早市的結果，就是雲娘對這附近的百里，家家戶戶的瑣碎事務都相當熟悉。

不管是誰家的喜事，或者是妯娌之間的嫌隙，甚至夫妻之間的枕頭對話，都在早市的攤販的說長道短之中，飄進了雲娘的耳裡。

甚至連雲娘自身，最後也成了大家八卦的題材。

這樣一個溫婉清秀的女子，年紀不大，容貌秀麗，姿態端莊，為什麼一個人獨居在中都，連問了過去的家事，也一概不提。

一開始，攤販跟顧客之間都相傳，雲娘大概是失親又離婚的女子，才會這樣對自己的身世噤口不語，婆婆媽媽們紛紛可惜了，唉要不是離過婚，成了自家的兒媳婦該有多好？

對於這些故事，雲娘只是但笑不語，但是她卻沒料到，故事傳到最後，大家卻越瞧這個話不多，卻能做一手好菜的女子越滿意。

雲娘的菜籃內，通常都有著各式的蔬菜，她能夠一眼辨別是否當季的植栽，更能挑選出最新鮮飽滿的蔬果——由此可證，必是相當優秀的好廚娘。

婆婆媽媽們真是腦補到了天邊去了。

些微的耳語，隨著風跟新生的芽苗飄進了雲娘的耳裡，她還是不改以前的習慣，總愛在居地的百里內栽下自己的眷族。

對這些談論她的評論，雲娘並不以為意，只是搖頭笑笑，世人皆愛流言蜚語，她既然選擇入世修煉，就絕不可能獨善其身，堵上眾人之口，更何況這些猜測都是無害的。

千年前，她落居皇城東街上的花鋪，街坊鄰居們也是這樣編著自己的故事，他們只是善意，需要一個很好的故事來接近自己。

在等待孩子們的魂魄轉生的這段時間內，雲娘的居所常常有客人。

這個客人不是別人，就是咱們的水煙大人，他只要手上沒了差事，就隔三差五的往這裡跑，累得雲娘家裡的花茶，收成的速度都趕不上消耗的速度。

「大人，您做啥呢？天天上我這，我都不知道陰差這麼得閒。」雲娘明裡暗裡趕了水煙幾次，今天實在是不得已，只好開口了。

正在喝茶的水煙，差點沒被口中的茶水嗆住，天知道他可是一有歇息的時間，就立刻往這裡趕，還被雲娘說自己的差事太清閒……

這可真真是天大的冤枉啊！

但水煙先是吞了口中的茶，接著又若無其事的轉頭遠眺著山色。

這裡的七樓相較於一般的高樓，的確高不到哪去，但就勝在景色優美，在陽臺邊遠望出去，天地一片寬闊。

他白皙的臉皮，忽然微微的抽了抽嘴角，半戲謔半認真的說著，「沒做啥，就喜歡上妳這，光是看著妳泡茶的模樣，就使人靜心，好半天不想其他人……事物。」

雲娘也沒說什麼，也端起了一杯茶，姿態沉靜的喝著。

只是擺在兩人之間的電水壺，雲娘昨天才買回來的新鮮貨，被晾在桌上，自顧自嗶嗶嗶的大叫了好一陣子，雲娘才如夢初醒般，七手八腳的起身拔掉插頭。

雲娘臉上一片嫣紅。

水煙看著遠處的山色，山頭開始起霧了，一隻赤腰燕俐落的滑過山與山之間，讓他忍不住的偷偷笑了起來。

似乎很久很久了，沒有跟一個人好好地閒坐對看，任時光流逝。

雖說雲娘的第一個差事，是讓她守著那些投胎的孩子，不過孩子們還沒來得及排上投胎的隊伍，閻王殿就再度八百里加急，來了新的指令。

指令是由水煙帶來的，他好一陣子沒來雲娘這了，連他自己都忙得焦頭爛額，更別說陰陽兩界奔波的陰差們。

他今日一來，就癱坐在雲娘的小客廳中，徹底演繹一株灌木的最佳狀態，雷打不動。

「來，喝杯茶吧。」

雲娘也不催促他，只是擺了桌，準備替水煙泡一壺能靜心的金萱香焙茶，她可還沒有這等神通，可以在自家的小陽臺，種出高山才有的茶葉，是跟外頭的凡人交易來的。

在雲娘的秀手澆灌著茶壺之中，微微的茶香緩緩的沁出，第一壺的茶過於苦澀，先倒在周邊，接著第二泡緩緩的化開葉子，才柔柔地斟給水煙一小杯。

杯子燙口，裡頭清澈的茶水色澤，映照著水煙自個憔悴的神情，他接過了這杯茶，深深吐一口氣，抹抹臉，又喝了幾口，才定下心神，好好說一說陰間這陣子的怪事。

「很多的人魂都發瘋了。」

水煙把手收攏在長袖中，一開口就是石破天驚的一句，「本來這不關妳的事情，但是閻王特別指了妳，要妳幫忙我們找個源頭出來。」

水煙心底知道，閻王這是要借雲娘一用了，畢竟她雖然失去近千年道行，但是植物妖的本能天賦還在，她能夠掌握這個小島上的所有信息，而他們現在最缺乏的就是這些。

雲娘點頭，慢條斯理的又喝了一口茶，水煙慌亂成這樣，必然是大事，她得安住他的心，「發瘋的人魂從什麼時候開始的？有些什麼共通點嗎？」

「共通點只有兩個，她們都是年輕的女子，而且都是自盡的人魂。」

水煙把頭靠在椅背上，目光定在天花板上的一點，繼續說著，「她們彷彿被奪了神智，雖然可以靠著輪迴大道，重新將其缺失的部分找回，但是這件事情太不尋常了，況且如果一次又一次的自盡……」

水煙的手握成拳，在雲娘眼前輕輕攤開，掌上一片虛無。

「那人魂就將不復存在。」

雲娘了解的點點頭，「給我名字。」她也伸出掌心。

她守護了人間千年，就算已不是花妖雲娘，花魂雲娘也仍然能夠做些什麼，既然閻王跟水煙相信她，那她就更沒有拒絕的理由。

一串名單落到了雲娘這之後，水煙很快的就走了。

陰間因為這群女子的魂魄而搞得雞飛狗跳，水煙會說她們發瘋了的原因，是因為這群女子完全喪失與人交談的能力，卻反覆在夜晚歌唱。

一首〈茉莉花〉就這樣反覆傳唱在陰間的夜晚，而聞者莫不感到顫慄害怕。

本來是兒歌的〈茉莉花〉一曲，雲娘反覆查看了歌詞，並沒有什麼問題，她甚至試著唱了幾次，但是在其中感覺不出絲毫的邪氣，更別說有什麼大妖作祟的跡象。

或許她們並沒有發瘋，茉莉花是一個訊息？

雲娘苦苦思索，她撒出了所有的種子，從中都往外輻射著，每一株枝枒，每一片嫩葉，都在風中靜靜的打探消息。

最終，在一個北都城郊外的地方，一個栽滿了茉莉花的庭院地址，輾轉傳回了雲娘的耳邊——那裏的茉莉尤其凶悍。

雲娘無法將植栽滲透進去，這件事相當稀罕，也令她察覺有異。

因為植物妖跟動物妖之間，天性上是有相當大的歧異的。

植物妖並不好爭鬥，像雲娘這樣漫遊人間，因為守護人間的心願，而不斷跟各路妖怪爭鬥，進而大幅度提升自身道行的例子，可以說非常稀少。

稀少到簡直是絕無僅有。

植物妖幾乎是可以共生的，不管在人間哪一塊土地（當然其他界的另論）。所以人間的每一塊土地，雲娘都能與其植栽取得聯繫，進而得到她所想要的消息。

只有這個庭院的茉莉，凶悍得像是有自我的意識一般，完全拒絕雲娘的溝通。

雲娘偷偷混了一點種子進去，才剛剛扎入土內，就被茉莉的根緊緊捆住，直接窒息而死，更別說能得到一點陽光與水分，鑽破外殼向上生長了。

看來有必要得親自走一趟了。

那一日，雲娘幻化平常習慣的人形，約莫三十歲的女子，規規矩矩的叫了車，路途不遠，約莫兩個小時，她來到這個郊外的兩層小庭院，隻身一人站在外頭，沒有看見什麼人煙。

她還沒探查出什麼，不想驚動水煙。

她緩步踏了進去，因為盡力收攏自身靈力的關係，並沒有引起這些凶惡茉莉的注意，一直到進了主殿，雲娘才恍然大悟，啊！這是一個小小的宮廟。

堂上有座一人高的金身神像，面目有些微不清晰。

雲娘用力瞇細了眼睛，在煙霧飄緲中，饒是她花魂的眼力，也只能大約辨別神像是女人身，一眼緊閉，一眼垂淚，雙唇向下，彷彿正深受無邊的苦楚。

這有點不對勁。

按照道理來說，神像必是莊嚴祥和，就算不是慈眉善目，也是威武莊重，如此形象痛苦的神像……

雲娘千百年來，未曾見過！

她站在門檻邊一小段時間，一位女人急急忙忙的從裡頭跑了出來，約莫二十幾歲，眉眼之間都還十分年輕，她看著雲娘愣愣的盯著神像看，趕緊開口介紹，「這是子母神，救苦救難的子母神啊！我是這裡的廟婆！妳要拜拜是吧？」

有這麼年輕的廟婆嗎？

但雲娘故作不解的問，「子母神是……何方神聖？」她很小心的選擇措辭，打算佯裝一個迷路的香客，進來參觀參觀一會即可離開。

但這裡地處偏僻，如果不是特意尋訪，根本不會知道這裡，話一出口，雲娘就知道自己說錯話了。

果然，年輕廟婆大驚小怪的嗟呼了起來，「妳不知道子母神是誰？那妳來這做什麼？」

雲娘趕緊回答，「我、我是聽人家介紹的……」不善撒謊的雲娘，這句話說得支吾其詞，最後還含糊不清的消失在唇邊。

但沒想到雲娘的吞吞吐吐，卻反而對了年輕廟婆的意思，她明瞭的點點頭，「是啊，妳們這些女人也不能大張旗鼓的問，總是暗地裡的彼此指點，哎辛苦妳們了！還好有聞聲救難的子母神啊……」

年輕廟婆了然的拍拍雲娘的肩膀，將她拉進子母神的座下。

她先是點了些香，插到香爐裡，接著開口詢問，「妳有幾個？一個、兩個？哎！妳看著這麼年輕，別是兩個以上啊！」

雲娘一人跪到拜墊上，再仔細一瞧，子母神神像的下方石壁上頭，鑿出了一個個的窟窿，裏頭安置著一小尊一小尊的孩童形象。

而滿桌的供品，都是一些孩子喜愛的玩意，像是糖果餅乾、汽車娃娃等等，雲娘還是不明所以。

所以這是一間孩子廟？祭祀早夭的孩子們？

但是孩子們的守護神是臨水夫人，也就是俗稱的大奶夫人，這個子母神是哪裡忽然冒出來的？雲娘百思不得其解，卻被年輕廟婆一把壓在跪墊上，在她耳邊喃喃念著。

旁邊的年輕廟婆不斷的叨念著。

「沒事了沒事了，只要拜了子母神，就不會招來邪靈作祟，還可以擋災化劫，妳快說吧！是幾個孩子？我好準備妳的供品。」

「呃……兩個？」

雲娘被催得緊，只好隨便扯了一個數字，年輕廟婆聽罷，就到一旁的櫃子裡，拿出了兩包塑膠袋，裏頭有一件黃色的幼兒衣裳，還有一把搖鈴鼓跟一包糖果。

雲娘接過了之後，按照年輕廟婆的指示，把供品放到了桌上。

然後在年輕廟婆的詢問下，信手指了兩個子母神神像下的窟窿空位。

「這樣就行了。妳的孩子要在這裡修行三年，一年超度兩次，之後就能超脫輪迴，得證大道！」年輕廟婆欣慰的點頭，然後再比了個七的手勢，「要走之前到櫃檯結帳，我們這可以刷卡分期付款。」

「……七？」雲娘愣愣的問。

她現在久居人間，大概也知道年輕廟婆在跟她收點香油錢，只是沒想到這麼直截了當，甚至還可以刷卡（菜市場有人推銷，雲娘也知道信用卡是什麼玩意）。

「七萬啊！妳朋友沒有先跟妳說嗎？」年輕廟婆一臉莫名其妙，「我跟妳說啦！妳這樣只拜一次沒有用啦！孩子所受的傷害，這麼簡單就能撫平嗎？別傻啦！妳這香點了，好好跟子母神懺悔，再來櫃檯結帳吧！」

她又往旁邊的香筒抽出一大束香，嘴裡喃喃有詞，「你們就是年輕不懂事啊！我知道我知道！來！妳快點好好懺悔！」

雲娘順從的接過一大把香，香在她手中燃燒，成為一束火光，濃郁的茉莉花香從火中散出，急遽的鑽入雲娘的鼻腔，她嗆了幾下，這味道……太不尋常了！

接著她恍惚了一下，眼前的景象扭轉……

她看見了，一名躺在狹小鐵床上的女子正流著淚，她年輕的容顏蒼白無血色，手上微微發著抖，不斷來回用力搓揉平坦的腹部，似乎試圖想感受一些什麼，但是身下的血水，正一點一點無情蔓延。

她的鐵床在診所的小隔間幔簾旁，她聽著隔壁嬰兒房的嬰兒哭聲，一聲聲都緊抓著她的心臟，讓她痛苦的咬著被子無聲嚎哭。

「為什麼我們不能留下這個寶寶？」年輕女子哭得悲痛，她還太年輕，她知道這樣做對大家都好，但是誰來想過一個母親的心情，從知曉的那一刻開始，她就是孩子的守護者了啊！

在這個世界上有一個孩子，即將透過自己體會人生的喜樂，但是現在……

「……妳不要哭了。」年輕女子身旁的男子沉默以對，他不知道能說什麼，但是一直到了手術結束完畢的這一刻，他才有種如釋重負的感覺，他走到外頭，看著藍天，輕輕抽根菸。

景象再度扭轉，雲娘的眼前景象不斷改變。

唯一相同的是，景象中的女子都是傷心欲絕，一種劇烈且窒息的哀傷，逐漸襲擊上了雲娘的意識，失去了孩子的悲痛、對未來的驚恐、自責跟慚愧的情緒不斷交織，染黑了凡人看不見的天空。

這些黑霧，最後成為了一隻遊蕩人間的魔。

魔從天而降，改變了容貌，化為了女子的面容，袒胸露乳，左眼緊緊閉上，右眼怒睜，眼角垂淚，姿態痛苦，魔因為這些悲傷的情緒而來，他本身就是悲慘的存在，他也只有黑暗的情緒。

魔緩緩向前趨近，靠近了雲娘的面前，她的額頭抵著雲娘，兩人的意識快速的交換，一片浮光掠影撒進雲娘的腦中。

魔殘忍的開口，聲音喑啞如老婦，「妳自責嗎？妳痛苦嗎？把妳的靈魂交給我吧……」

雲娘下意識的搖頭，她第一次遇見這麼純粹的精神力量，她連魔的本體都尚未瞧見，卻已經被左右心神，只能微弱的辯解，「不，這不是我的罪孽，這甚至不是我們的罪孽！」

她大吼出聲！雙眼頓時睜開，猛烈的退了一步，旁邊的年輕廟婆臉上神情轉變，從一開始的親切換成漠然，口中還是那一句話，「快跟子母神懺悔吧！消除妳滿身的罪孽……」

不斷重複的同一句話，讓雲娘不由自主打了一個哆嗦，剛剛滿室濃烈的茉莉花香，已經淡得連一點都不存在了！

原來〈茉莉花〉這首歌，是那些女人的求救訊號，她們必然被拿走了什麼，才會無法言語。

思及此，雲娘猛的站了起來，這件事要趕緊告訴水煙才行！

但她卻被年輕廟婆再度用力一把壓下，她跪在拜墊上，肩膀上的枯瘦手臂，宛如參天巨木的樹根一般，強硬的壓在她的肩膀。

她回頭一看，年輕廟婆雙眼已然失神，只剩全黑的眼珠子微微上吊。

年輕廟婆的嘴裡再度發出平淡的音節，「妳還沒懺悔完，想去哪裡呢？大……妖……雲……娘……」

雲娘悚然一驚，竟然已經被魔發現了！

她不敢貿然掙扎，只能定定心神，垂下雙眸。

年輕廟婆嘴裡不斷重複同一句話，宮廟外頭的天色逐漸暗了，夜色籠罩著大地，驅走了白日的光明，此時堂上的子母神神像，上頭嘴角由下往上，慢慢勾了起來，似笑非笑的看著堂下。

拜墊上的雲娘已經消失了，只剩餘一塊半人高的枯木，直挺挺的跪在上頭，年輕廟婆毫無知覺，雙手仍然死緊的按著，一再一再的重複著同樣一句話。

「唯有懺悔才能消除妳們滿身的罪孽……」

雲娘摀著胸口，人已經回到中都了！

以她現在的狀況，這樣的術法對她來說實在消耗過大，但是不這樣做，她幾乎連從宮廟裡脫身都無法了！

子母神原來是游離人間的魔所化，這下麻煩了！

他從凡人的諸多情緒中誕生，相當懂得操控人心，被害的年輕女子不知道已經凡幾了？而魔甚至能夠進階到開設宮廟、吸收信徒為他辦事，實在是相當棘手的存在了。

她邊想邊踱步，饒是她一介漫遊人間千年的大妖，道行雖不在了，見識也還有仍有，但今日還是被魔嚇得只能脫體而逃，這件事必定得快快通知水煙才行！

她站起身來，隨手撕下了牆上一頁月曆，上頭鮮豔的色彩被她信手折成了一隻鳥，恰好是五種顏色覆蓋在其上。

她攤開掌心，低聲叮嚀，「去吧！去找他，幫我帶口信給他，請他速回人間！」

鳥兒歪了歪頭，在雲娘掌心雙腳輪流跳躍幾下，嘗試的拍拍翅膀，幾下之後就振翅往外飛去，遠遠的消失在窗外。

雲娘勉強自己定下心神，倒了一杯冷水，捧著杯子一口一口的喝著，只是心頭一股騷動，還是怎樣無法停歇。

雲娘心下明白，她會這麼的驚懼，並不只是魔的緣故。

更深一層，是那些由凡人自身堆疊起來，交織著各種負面情緒，甚至龐大到能成魔的悲傷苦痛，她放下了手上的茶，從窗外抬起了頭，仰望著天空，上面果然翻滾著一層若有似無的黑色煙霧。

……什麼時候開始的？為什麼我一點都沒有注意到。

她手心沁著汗，冰得連她自己都毫無知覺，她心裡知道，如果這些由凡人所生的痛苦不停止增長，化形降世的魔，就永遠不會有消失的一天。

「哇……哇嗚……哇哇哇……」

雲娘全身一震，手裡的水杯摔碎，外邊只隔著一層門板的聲音，清晰的傳入她耳內，這是嚎啕大哭的嬰兒聲音，正在門外使盡吃奶的力氣大哭，哭得那樣肝腸寸斷、柔弱無助。

這是一個遭到捨棄的嬰孩，他正用著哭聲，控訴著世間對他的不公。

一向很喜愛嬰孩的雲娘，此時鬢角邊，卻逐漸滑下一滴冷汗。

有股說不出來的晦暗氣息愈來愈接近了。

魔，追來了！

他，就在門外！

第九章　如影隨形的魔物

只是一會不見，水煙沒想到事況竟然變得如此棘手。

「妳背上那個鬼東西是什麼！」水煙往後一跳，差點摔下樓梯。

他站在七樓的樓梯口邊上，一手抓著欄杆，神色驚恐。

剛剛雲娘一替他開了門，他就立刻往後一躍，指著雲娘背上，大呼小叫的叫著，完全沒有平常風流倜儻的風範，但這也不能怪他，他可沒料到雲娘身上會有一隻這麼恐怖的魔物，還陪她來開門。

雲娘臉上的笑容有點勉強，水煙也特誇張了，竟然被嚇成這樣。

她先伸出右手，向水煙打了聲招呼，拽了拽左肩上的魔物，無奈對方紋風不動，她只好嘆氣，「你先進來吧！這需要花一點時間講給你聽。」

水煙背貼著牆壁，雙腳慢慢挪動，雙眼不離雲娘肩上，直到坐定在沙發上，他還是緊繃著神經，瞪著那隻魔物看。

魔物身長三十公分左右，臉孔黝黑，額上無髮，雙掌如爪子一般犀利，雙足上有蹼，他正牢牢攀附在雲娘的左肩，一雙眼睛烏溜溜的轉，緊緊抿著嘴唇，身上沒有任何的遮蔽物，全身光溜溜的攀著。

看起來，竟像是人類的嬰孩，只是黑得過分，身上纏繞著魔氣。

「這……鬼東西到底是什麼？」水煙喝了一口熱茶後，終於放下一絲警戒，「妳哪裡帶回來的？別又是妳善心大發的舉動了……」

雲娘嘆口氣，「如果真是我帶回來的，那樣就好辦了，我還知道他是什麼。但現在的問題是，這傢伙是自己找上門來的。」

她疲憊向後陷入沙發裡，魔物倒是也從善如流，他從肩膀後方，迅速向前爬行到雲娘胸前，趴在胸口上，側著耳朵安安靜靜。

不過就算這小魔物不言不語，水煙還是覺得非常驚悚，宛如人類嬰孩的體型，卻有著俐落的爪與蹼，全身漆黑如夜，甚至行動敏捷。

人類的嬰孩，三五個月的時候，有這麼會爬嗎？

水煙皺起了眉，一甩扇想戳戳魔物，卻引得對方嘶聲怒吼，爪子陷入了雲娘柔嫩的頸間。

這下子水煙終於明白，雲娘揹著這傢伙四處走的原因了。

雲娘瞪他一眼，拿起桌上的巾子擦擦脖子上的鮮血，這一點小傷自然無礙，但是如果強行要這小魔物下來，自己恐怕得掉腦袋。

「別玩了，我跟他耗一個下午都沒用了。」而且自己並不是因為受制於此魔物，而是有更重要的原因才無法將他取下……

水煙縮縮腦袋，看著雲娘頸間淺淺的傷勢逐漸復原。

「不是妳帶回來的？莫非與閻王殿託妳調查的事情有關？」他略微一細想，立刻猜到了。

「嗯。」雲娘點點頭，「我今日清早根據滿島植株們所傳回來的訊息，尋到了一處郊外的宮廟，本打算一探究竟。結果竟發現有魔物降臨人間，而我脫身得不夠快，這小傢伙就跟來了。」

別看雲娘說得輕巧，她到現在手心都還是一片濕漉漉，額上的穴道疼痛得不得了，全身一骨子痠軟，也只是強打起精神跟水煙說說話而已。

早些時分，她從子母神的宮廟脫身之後，剛傳了紙鳥給水煙，卻獨自一人聽見嬰孩的哭聲，由遠而近逐漸襲來，最後停在她的大門外頭，不斷的嚎哭。

那時雲娘早已沒了主意，慌得六神無主，結果她都還沒想出應對的方法，只一眨眼，嬰孩的哭聲，就已經在室內響起。

她只得壯著膽子循聲一看，沒想到一推開房門，無數的小魔物已在她床鋪底下的地板上，一個個緩緩爬著。

小魔物們大聲哭泣著，雲娘眼前又是幻術再現，她深知「子母神」此魔的能力，必是擾亂人心，以幻象來迷惑凡人。而失去千年道行，一介花魂的她，今時今日，根本無力抵抗。

她被眾多的小魔物逼到牆角，他們有男有女，身上滿布著傷痕，有夾子所夾取的瘀痕，也有七孔流血的腫脹痕跡，他們抬起頭來嚶嚶的哭泣著，臉上都是布滿著淚痕……

雲娘幾乎搖搖欲墜，在這幻象之中，又是在宮廟當中所感受過的沉重苦痛。

但這次，不是母親的視角，而是孩子的疼痛，這些濃烈如火、深沉如海的哀傷，還有對母愛的渴求，幾乎壓得她迷失自我。

她明明知道她是花妖，不可能孕育人類的孩子，這不是她的罪孽，她沒有必要痛苦不堪，但是饒知如此，她還是心痛的幾乎窒息。

她跪在地上，也如同小魔物一般，不斷的哭泣著，甚至掏心掏肺的嘔吐起來，這種從內心伸出發出的罪孽，逼得她簡直想一頭撞死了！

而小魔物向前爬行，一個一個爬上她的裙襬，在她耳邊喊著媽媽，語調哀淒。但是只要是小手掌摸過的地方，都如同火燒一般的使她疼痛，轉眼就瘀青一片。

她在極度的哀傷當中，差一點就被自責與懺悔的雙重情緒壓垮，在她沉沉浮浮，即將滅頂的時候，桌上剛剛補了新水的電水壺，不斷的鳴叫了起來，尖銳的聲音，一聲高過一聲。

雲娘就靠著這聲聲催促的聲響，勉強自己壓下心神，盤腿坐起，從全身竄出藤蔓，四處鞭打著地板，打碎了一個又一個因為心魔而生的魔物。

隨著破空之聲越來越響，雲娘終於能夠得回一絲清明。等到她醒來之後，發現自己的藤蔓緊緊捆住滾燙的電水壺，一臉淚痕。

她終於能睜開眼睛的時候，她覺得彷彿長長的過了數十日不止，心境十分的疲憊以及睏乏，但是瞧一眼牆上的時鐘，指針竟才剛挪了一點位置而已。

她在五分鐘之內，幾乎滅頂。

她盤腿坐著，看著空蕩蕩的室內，她如釋重負的長長吁了一口氣，這種以幻覺擾亂敵手的對戰方式，饒她近千年來爭鬥不斷，竟也從未親身經歷過，幾乎是一打照面就注定了慘敗！

別說是還手了，光是抵抗心魔與這些幻象，就讓她慌亂不堪，更別提找出魔的蹤跡，恐怕對方早已遠遁。

此次只是個警告而已，雲娘渾身癱軟下來，對方沒下重手，這點她相當清楚。

不過為什麼呢？

魔並沒有善惡的觀念，更沒有人不犯己、我不犯人的道德意識，魔會降臨人間，純粹只是因為人間的邪惡之氣滿載到一定的程度。

某一種程度來說，他也算是人間的自我淨化功能，只是附帶技能是不知凡幾的人命損傷罷了。

雲娘思索著，她摸著滿地烏黑的小腳印，全身都發軟。

這時一聲嬰兒的嘻笑聲，忽然從她肩上傳來，「嘻……」一雙烏青的小手，緩緩爬上來，一個掌印一個掌印的壓上她的背。

身上衣物的凹陷之感，讓她頓時如墜冰窖。

雲娘嚇得渾身不敢動彈，千年來什麼樣子的魔物她沒有看過？但是此魔物竟然能神出鬼沒，自己竟又毫無察覺！

而植物妖最不擅長近身攻擊，這一來一往之間，雲娘覺得自己的腦袋，都幾乎擱進人家的嘴裡數回了。

比如現下，肩膀上那正在微微下陷的重量，就讓她知道，有個「什麼玩意」正在她的左肩上攀附著，並且隨時可以取走她的性命。

她深深吸一口氣，伸頭也是一刀，縮頭也是一刀，來吧！

她手上的藤蔓瞬間暴漲，一屋子的植栽受到召喚，同時揚起了怒容，四面八方的樹條高高揚起，就要往雲娘自個的背後鞭打過去。

但一聲的嬰兒啼哭聲音傳來，其中夾雜著一絲絲的害怕，以及不明瞭眼前人為何痛下殺手的畏懼，又讓她瞬刻軟了手腳。

她不是不忍，雲娘很清楚，這並非人類的嬰孩，而是魔散播於人間的「心魔」，是子母神的爪牙。

但是現下，這心魔竟與自己緊緊糾纏，彷彿在自己的心上生了根，他一哭，雲娘就無法動下殺念，她又反覆試了幾次，魔物雖然沒有什麼舉動，自己這下只得挫敗的放棄，等待水煙的到來。

「所以現在這個鬼東西，就一直纏著妳不放？」水煙幾乎不敢置信。

「嗯。」雲娘點點頭，習慣性的伸出手拍撫著胸前的魔物，他閉上了眼睛，將臉頰貼在雲娘的胸前，一臉信賴。

「妳不要真把他當孩子哄了。」水煙翻翻白眼。

聽完了這整件事情的始末，他開始覺得頭痛了，他不自覺撫著額頭，閻王殿這次輕忽了，那些被拿走聲音的女人的確很不尋常，但畢竟這些年來，自盡的人實在太多了，他們完全沒有朝向這麼凶險的方向想去！

這也是一開始會將此差事交託給人間陰差，以及派駐使者（例如雲娘）的原因。

但現在是魔欸！

水煙光想就頭痛，歷史記載上，人間共有三次魔物出世的紀錄，次次都造成了相當嚴重的損傷以及歷史朝代變動，這次的魔選擇在小島落腳——真不知是人間之幸，抑或不幸？

不過不管怎麼樣，都是他們東方管理者的不幸就是了……

「不然你說怎麼辦？」雲娘疲憊的點頭，「我不知道有什麼法子，能讓他自個願意離開我。」眼下看起來，武力驅趕已然不可能了。

雲娘看向胸前的小魔物，對方正張著極大的眼睛凝視自己，小魔物的眼睛比例相當奇怪，雖然如人一般黑白分明，卻幾乎佔了一張小臉的一半，也讓人看著驚悚萬分，不若凡人嬰孩的天真無邪。

「我沒要妳怎麼辦，只覺得妳哄著他的樣子……令人毛骨悚然。」水煙又倒了一杯茶，兩人對坐無語，這次真的坐困愁城了。

「他也是孩子嘛，雖然是魔物，但總歸是幼兒……」雲娘低頭看著趴伏在自己胸前的魔物，一下下的拍撫著。

「他只有那個外殼是，裡頭是什麼妳都不知道了。」水煙嘆一口氣。「所以他為什麼會纏上妳？」

雲娘搖搖頭，她對這魔物一點都不了解，又怎麼會知道他為什麼要選擇自己？但水煙這一問，卻讓她想起了在幻象中的一些回憶，「難道……是因為我回應他了？」

「妳回應這傢伙？妳回應了什麼？」水煙忍住幾次作嘔的衝動，才逼自己抬起手來，慢慢伸到小魔物面前，嘗試的想摸兩下，沒辦法，他實在對這個四不像的孩子沒什麼好感。

但是完全不意外的，小魔物張大了嘴，口中利齒一排，宛如世界上最凶惡的野獸，他威嚇的對著水煙嘶聲，一雙黑色的眼睛也瞪得很大，明顯表示他相當討厭水煙。

「他們在叫我媽媽的時候，我……」

雲娘欲言又止，好半晌才又說了個完全，「當時，我回應了，我還抱起了其中一隻魔物。」

兩人的眼神同時定在小魔物身上，雲娘的結論引來水煙挫敗的低吼，「……我去撿個凡人的孩子給妳行不？幹什麼挑這隻啊？這隻又醜又不可愛，還長得奇形怪狀，難道奢望他長大後會從良？」

雲娘胸前的小魔物彷彿聽得懂，竟然尖聲啼哭了起來。

水煙抱著頭大喊，這下好了，雲娘竟然在幻象中回應魔，難怪這隻能夠跟到現實來，還緊緊纏著雲娘不放。

雲娘沒好氣的瞪了一眼水煙，「從良不是這樣用的好嗎？而且……你以為我願意啊！魔的能力又豈是我一介小小花魂可以抵擋的。還有不准你再說他醜了，他都哭成這樣了！」

「我管他哭不哭！」水煙撇撇嘴，「誰都知道妳就是對凡人小孩沒轍啊！這下好了，現成的娘親，妳高興還可以養著這隻魔物養到百年咧！說不定他比凡人的小孩要長命得多！」

「我都說過我沒辦法了！」雲娘氣得差點拿桌上的茶水潑向尖牙利嘴的水煙，「是魔逼著我回應，我、我一點都不想要有自己的孩子……」

話是這樣說，雲娘的聲音卻越來越小，她心虛的低下頭，沒錯，這的確是她的願望，不管怎麼否認，她就是想親自哺育一個小生命，這也是她以強悍母性守護人間如此之久的最根本原因。

她很寂寞，寂寞到錯認人類為自己的眷族。

只是話說到這裡，雲娘跟水煙對看一眼，沒時間吵架了，他們心知不妙。

「完了，這隻魔不但擅長操縱人心，還可以看穿人那心中最深沉的慾望！」水煙向後仰倒，垂頭喪氣的把自己深埋在沙發內，沒時間跟雲娘在這吵嘴了，他也不是故意口不擇言，但是他就是急啊！

誰知道這小魔物會不會忽然發難，把雲娘的脖子給咬穿？

「是我的錯，魔只是給了我一個機會而已……」想通了之後，雲娘頹喪的掩著臉，不知道該拿胸前的小魔物怎麼辦才好？

失去了沉靜的她，心下無比慌亂。

「現在沒時間說這些了，是不是妳的錯已經不重要了，妳得跟我回閻王殿一趟，這件事情我看得立刻上報給閻王知道，有魔降世，這可是大事！順便想想法子替妳解了這魔物吧！」

坐而言不如起而行，水煙馬上站起身來，他拉起雲娘的手，顧不得害怕這魔物了，他趕緊開了通道，兩人一起踏入陰間，眼前就是一片彼岸花，搖曳著永世不墜的花朵等待著他們。

「走吧！」

而一直低頭趴在雲娘胸前的小魔物，沒有人注意到他微微恍惚了一下，又側著他的細長小耳朵，傾聽著風中若有似無的說話聲。

有人正在遠處，叨叨絮絮的對他交代著事情，差事很簡單，而他即將達成，只要那樣子，就可以回去母親的身邊了。

小魔物藏在雲娘胸前，巴掌般的小臉上，洋溢著喜悅的笑容。

兩人踏入陰間之後，水煙拽著雲娘的手，直奔閻王殿。

畢竟雲娘的直屬長官還是掛著水煙，所以就由他向閻王報告這一次人間的變故，再由雲娘一一辨認那些自盡的年輕女子，是否與剛出世的魔有關係。

雲娘逐一見過那些人魂，她們的確就是出現在魔所設置的幻影當中，那群正哀傷哭泣的女人。她們被拿走了說話的能力，神智迷失於無止境的傷痛之間，只記得那股茉莉花的香味。

這些女人，都還困在那些幻境之中，雲娘知道那些痛苦有多哀傷，她對這些女子有了更深的憐憫，只是她無能為力，只能寄望自己帶來的消息對閻王有些許用處。

指認完畢，閻王吩咐一旁的陰差燃起安魂香，這些女子終於能夠熟睡，她們一一倒臥在閻王殿的石板地上，鬆開了臉上緊皺的眉心。

這些日子以來，陰間都是這樣處置著她們，任何一位陰差都不忍這些女子人魂如此痛苦，只是安魂香的鎮定功效越來越稀薄，她們即將重入輪迴休養魂魄，無法看見陰間緝回真正的凶手了。

這一次，有了雲娘的陳述，以及其他陰差調查的消息，事件終於露出一線曙光，經過反覆交叉比對之後，事件源頭終於拍板定案，閻王終於知道自己即將面對的是什麼了。

但是魔降人間的這一個消息，讓他也只能揉著額頭邊苦笑，「這下子好了，偏偏在我任期內，我的卷宗都要看不完了，又來一隻該死的魔！」

閻王嘴裡叨念著，手裡還是飛快的發出指示，召集了各級的判官，齊齊入殿。

陰間也在此時，響起了久違的警示鐘聲，一下一下的敲著，迴盪在整個陰間之中，讓各處寄居在陰間的大妖們，都紛紛抬頭張望著天空，遠眺著閻王殿琢磨，心裡各有想法。

魔降臨人世這個消息，宛如震撼彈一樣，拋在眾判官其中，他們不斷交頭接耳，這件事情恐怕得與天界共同協商，如果貿然出兵人間，恐怕會殃及無辜，甚至禍及生靈。

閻王本來打算擬份卷宗，要將此事上呈天界，但就在堂下判官們交頭接耳的時候，卻突然一陣變異突生——

雲娘胸前的魔物，忽然張嘴嚎啕大哭了起來，連閻王都放下了手上的毛筆，跟著大家瞪著雲娘。

「他哭什麼哭？」好半晌，只見魔物哭個不停，閻王終於忍不住開口了。

雲娘無奈，欠了欠身。「雲娘不知。」

「妳能不能讓他別哭了？」閻王握緊了手上的筆桿，這魔物哭得讓人心煩意亂。

「雲娘……試試看。」雲娘遲疑的伸出手，再度如白日時，一下下拍撫著胸前的小魔物，但此刻卻毫無作用，小魔物仍然放聲大哭。

「嘖。」閻王頭疼的撫額，揮了揮手。

他打算讓水煙先將雲娘帶下去，但話還沒說出口，堂下的陰差卻忽然四散，倒臥在閻王殿石板地上熟睡的那些女人魂，卻一個一個接著甦醒過來了！

她們的神情痛苦，再無早先的平靜，她們彎下了腰在地上呻吟著，扭曲著身上的關節，逐漸向外爬行，眾多判官跟陰官皆是大駭！

「京玉！你快上前去瞧瞧，其他人速速退後……」

但閻王的話仍然還沒講完，變異又突生，從這些年輕女子的身上，突然長出了一個又一個的窟窿，一隻隻雲娘先前看到的魔物，不斷爬出，如蟻群般洶湧的淹向了一旁的判官。

判官們本來臨危不亂，紛紛祭起了手上的法寶，由京玉領頭，他手中五彩的鎮魂塔，飛向空中威武的旋轉，散發出各色光芒！

但是以往能夠收服凶神惡煞之魂的塔，現在卻紋風不動！

更別說其餘的法寶了，幾乎同時脫出主人的掌控，讓底下的判官兀自嚷嚷著咒術，試圖增大法力催動法寶。

幾個判官眼見情況不對，乾脆祭出了殺傷力強大的飛劍，劍身閃爍著七彩光芒，雖然聽令於其主人，穿梭在魔物之間，但是魔物們並沒有因為這些法寶而退怯！

魔物們仍然如潮水般湧出，那些年輕女子的魂體，轉眼間已經千瘡百孔，成為魔物們寄生的空洞巢穴了。

更令判官們膽怯的是，魔物們幾乎不會受到法寶的損傷！

除了幾個沒有傷害能力的凝神珠，稍微還可以在空中綻放一點光明，阻擋魔物們前進以外；其餘的法寶，通通都失去了功用，甚至在驅趕魔物的過程中越來越黯淡。

堂下的判官們急得搔頭撓耳，已經有好幾位判官被魔物纏上，疼得大聲嚷叫，更添堂下的混亂，不過也怪不得他們，魔物的數量實在太可怕了，轉眼間竟然有上千隻，而且身形跟人類的嬰孩太過相像，令人毛骨悚然。

「全都放下手上的法寶！靜心凝神，仔細聽我的聲音，消除內心的心魔，一切皆是幻象！」

此時堂上的閻王眼見事態嚴重，趕緊在自己的聲音當中加入術法的威力，讓他的聲音平穩的傳入眾人之間。

這些魔物由幻象而生，判官們的法寶當然不起作用，如果是平常的時候，大家也不至於自亂陣腳至此，但這時竟被敵人攻入陰間最重要的閻王殿，這些判官全都慌了手腳。

他的音量雖然不大，卻如洪鐘般在眾人心底不斷迴響，讓這些急得跳腳的判官們，彷彿在汪洋中找到了一根安穩的浮木。

「觀自在菩薩。行深般若波羅蜜多時。照見五蘊皆空。度一切苦厄。舍利子。色不異空。空不異色。色即是空。空即是色。受想行識。亦復如是……」

閻王開口誦唸著對靜心特別有幫助的心經，判官們立刻醒悟過來，全都閉上眼睛，跟隨著閻王的誦唸，隨著堂下聲音，越來越大聲時，終於席捲過這一片在人魂身上寄生的魔物，連雲娘胸前的那隻都同時消失不見。

只是心魔雖然已除，殿下現卻淒淒慘慘了一片。

被拉來讓雲娘指認的那些年輕女子，魂魄早已破散不全，只剩餘一具具布滿窟窿的魂體。

判官們身上或多或少都帶著傷痕，一副餘悸猶存的模樣，四散的退在角落歇息，整個閻王殿也雜亂不堪，滿地的烏黑腳印，就跟雲娘家中一模一樣，魔物雖然被消滅，仍然遺留下一室的驚恐。

竟然遭到魔的暗算！閻王忿忿的一拍桌子。

魔先襲擊了雲娘，再讓他的爪牙進到陰間來，並與其早先植入在那些女人魂體當中的魔物，做了一個「喚醒」的連結，讓整個陰間的判官都差點栽在這裡頭了！

要是自己今時不在這裡，豈不是損兵折將，天下大亂！

因為一時輕忽，而遭到暗算的這個認知，讓閻王氣得眉頭緊鎖，大手一揮，本想摔了滿桌的卷宗，想想要是待會少了哪一頁，又是白讓自己頭疼的，乾脆重手一拍桌子，冷聲說著。

「眾官聽令，立刻召集所有的陰官，由判官京玉領頭，給我即刻上人間去，拆了那間什麼子母神的破廟！」

「是！」堂下的判官齊聲回應。

他們彼此對看一眼，幾百年了，沒見過閻王氣成這副德行，看來這次的吃癟，真的讓閻王動了真怒了。

由閻王殿下了緊急征討人間的閻王令之後，一時之間，陰間的街頭巷弄，此起彼落的傳起哨聲，不斷嗶嗶作響。

街上的陰差們，隨著哨聲不斷奔跑，在大街小巷找回正在放大假的同僚們，準備上人間，打這一場久違的征魔大戰！他們編列好隊伍，各隊陣形皆是虎虎生風，在陰間往人間的通道邊上，精神抖擻的一聲聲喊著口號。

此時，後知後覺的雲娘，才發覺自己被當成靶子使了！

原來魔會放過自己的原因很簡單，他早就看準，要讓自己成為通道的一部分——他要雲娘帶著他的魔物，來到陰間，並且喚醒那些早先已植入心魔的年輕女子，讓她們體內的魔物先在陰間大肆作亂。

她與水煙站在隊伍的最後方，聽著前方的口號，並沒有如同其他陰差一般，被激昂的出征情緒所感染，雲娘只是憂心忡忡，此去人間，是否魔早已算計好了，正打算著請君入甕。

甚至是……甕中捉鱉？

「你能不能勸勸閻王，我覺得這樣不妥。」雲娘在水煙耳邊，壓低了聲音。

水煙做了個無可奈何的表情，「閻王平常很好說話，但是就是特別寶貝他的閻王殿，這次這個子母神，幾乎大鬧了閻王殿一番，我想閻王是不會輕易撤軍的。」

「不過這樣子……會不會落入了魔的圈套？」雲娘還想再勸，卻被水煙擺擺手打斷了。

「事到如今，也只能走一步算一步了。」他嘆口氣，「那些年輕女子的魂魄，早先拘回陰間的時候，就讓我們相當頭疼，損傷的程度不只是嚴重而已，她們在情感方面的感受能力，根本全數毀壞了！」

原先在前頭領隊的京玉，走到後頭來視察狀況，也接過了水煙的話，「是啊！這次閻王也是順勢大怒，如果等到天界的使者下來，又是永無止境的協議跟規則，那時，恐怕陰間的大牢早已人滿為患了！」

「人滿為患不打緊，那隻魔送過來的魂體，可都是一顆顆的未爆彈啊！」

水煙心有餘悸的拍拍胸口，好在雲娘胸前的那隻魔物，剛剛也一併讓閻王給淨化了，不然雲娘身上綁著一隻魔物，根本是命懸一線的狀況啊！

他揪了一眼這個望著大軍兀自擔憂的花妖，心裡的嘆息一聲高過一聲，雲娘現在沒有了道行，自己免不了得多照看著她，不然讓這株嬌嫩的花兒有所損傷，自己可要心疼了。

「行了行了，妳別擔憂了，妳跟緊我，有什麼事情別衝第一，妳可不是那個大妖雲娘了。」水煙別過了臉，嘴裡關心的話，卻讓雲娘的臉色一黯。

京玉瞧見了，不免又白了水煙一眼，「沒事，妳就跟著水煙，其他的事情讓我們來處理吧。」判官拍拍雲娘的肩膀，又往回走去，視察著眾人的編制。

看著水煙與京玉一搭一唱，彷彿唱雙簧般的流利，雲娘也只好點點頭，不過水煙的話倒是提醒她了，閻王未必是真的大怒，恐怕是想搶在魔有所動作之前，趕緊端了他的老巢。

看來現在也只能走一步算一步了！

只是她……只求不要拖累大家、不要拖累水煙了。

她與水煙此次重逢，兩人越發熟稔，她很習慣水煙的陪伴，兩人常常泡一壺茶就能坐一整夜，她與水煙相聚，說話的那人總是水煙，這樣很好，她喜歡聽，她喜歡聽水煙叨叨絮絮地說著話。

她望著水煙的側臉，心裡千頭萬緒，她害怕自己拖累他，卻又想一直看著他。

兩人的視線沒有交會，想的卻都是相同的事情，擔憂著此魔降世對人間的影響，擔憂著彼此的安危。

在雲娘的沉思中，前頭的隊伍已經整齊劃一的邁開了步伐，朝向人間前進，他們特地開了一個開口相當大的通道，目標直達子母神廟的郊區外……十公里。

當然，他們還沒有蠢到直接殺上門去。

畢竟魔的蹤跡來去飄忽不定，雖然現在已經知道他降臨此小島，但是如果一不小心讓他逃脫了，恐怕下次捲土重來之時，他又將掀起一番的滔天巨浪！

也因為這樣，這批倉促成軍，卻井然有序的急行軍，在郊外悶著頭急行，他們隱著身形穿梭在樹林之中，沒有人低聲交談，所有人朝向同一個目標．將子母廟，前後左右各三圈，密不透風的圍繞了起來。

他們圍得嚴嚴實實，包準連隻蒼蠅都飛不出去！

一直到此時，陣前押軍的京玉，才敢對著緊閉的廟門，大聲叫嚷了起來。

「子母神！閻王令在此！你快束手就擒吧！」京玉大聲嚷嚷喊著魔在人間的名號。

在整個包圍圈裡，已經由陰官聯手施法，將子母廟上空籠罩了好幾層結界，就是諒此魔再有通天本領，也插翅難飛！

但是他的心底卻不這麼樂觀，他不抱希望的想著，如果魔會這麼簡單就輕易的伏首，那千年前也不會留下生靈塗炭的記載了。

整個宮廟安安靜靜的，水煙跟雲娘對看一眼，彼此心中都捏了一把冷汗，雖說此事急需解決，不過如此這般莽撞……

水煙向前一步，下意識的將雲娘擋在自己身後。

在眾人各自紊亂的思緒中，宮廟的大紅門，竟緩緩的敞開了，裡頭暗得不見天日，跟外頭豔陽高照的天氣比起來，顯得特別陰森詭譎。

接著一群群女人出現在大軍的面前，魚貫而出的這些女人，面色茫然、雙眼失神，似乎已經失去了自主意識，在陣前的京玉略一沉吟，神識一掃，這些果然都是一般的凡人！

竟然拿凡人的命來賭！

大軍中起了一陣的騷動，這魔也忒聰明了，竟然還知道要找擋箭牌，恐怕大軍來襲的消息，魔早就了然於胸。

「京玉大人，這下子是……」另一位判官問得吞吐。

只因他們都是人魂的管理者，斷不會做出損傷人魂的事情，再者閻王那邊的意思也還未明，同是判官，大家同僚一場，他可不希望京玉貿然出手，殺害凡人的罪孽是很重的。

「我知道了，派個陰差回去稟告閻王吧，等新的閻王令再次下來，我們再按令行事。」京玉保守的點頭，揮一揮手，打算讓一隊陰差先行回去報個訊。

「等等！不必回去，且看我倆來助各位一拳！」

被派為傳令的陰差，還沒走遠，天空中就傳來朗朗的笑聲，水煙跟雲娘抬頭一看，竟有些面熟。

一對男女由天空躍下，男的那位，頭頂巨型鹿角，下半身仍然是鹿身型態，粗壯的後腿正蹬著泥土，笑聲朗朗，落在京玉前方。

他胸前敞開，大片的肌肉露出，不修邊幅的只綁了一條腰帶，脖子上有著三色玉石的項鍊，他是妖界代理人鹿角大妖是也。

另一位麗人女子，頭上一支大紅芙蓉花簪，胸部呼之欲出，披著紫色的披巾，她與男人分開落地，她落到了大軍之後，牽起雲娘的手，溫聲說著，「還記得我吧？」

原來是鹿角大妖以及芙蓉花妖。

當時在閻王殿受審之時，雲娘是見過兩位的，難怪今日會覺得有些面熟，她靦腆的笑，略一行禮，「嗯，雲娘記得姐姐。」

芙蓉花妖笑得春意四散，打從心底喜歡這個溫順的花妖，她滿意的點點頭，「妳叫我一聲芙蓉姐吧！咱們姐妹相稱，以後不會虧待妳的！」

她闊氣的挺挺胸，水煙翻了翻白眼，乾脆轉身不看。

當初芙蓉在殿內一見雲娘時，她就特別喜愛這個獨自修成花妖的小妹妹，別說雲娘獨自以花魂出世，並且修成花妖這有多困難；雲娘她一人漫遊人間千年，卻從未受到妖界的照拂，她這個眷族姐姐，怎麼都說不過去。

也因為這些邊邊角角的原因，在當時妖界與閻王殿聯合的判詞上，芙蓉可是出了大力氣維護雲娘的。

閻王要收回雲娘的道行，也是耗費了一番功夫才讓芙蓉同意的。

這次也是因為得知雲娘有難，她就揪著鹿角立刻趕來助陣了。

「妹妹來，姐姐教妳幾招。」芙蓉笑嘻嘻的捱近雲娘。

她當然知道大軍在此煩惱什麼，她握著雲娘的手，心隨意轉，右手如同雲娘平常對戰時，幻化出了長長的綠色藤蔓。

但是她不像雲娘，作為殺器所用，反而催生了上頭的枝葉與花苞，轉眼間，一朵一朵粉色如同碗公大的芙蓉花，就在枝葉上緩緩綻放。

綻放出來的芙蓉花，帶著花粉細細揚向天空，芙蓉吐氣如蘭，吐出一絲幽香的氣息，附著在花粉上，飄向了眾人頭頂，籠罩在宮廟上頭，又輕飄飄的落下。

像是一場粉色的花海。

美得讓人屏息以待。

前頭的鹿角被這花海逗得很樂，朗聲大笑，「芙蓉妹子啊！妳這招瞞天過海，可越來越是爐火純青了！」

芙蓉拉開了裙襬，欠身一笑，「多謝鹿角大哥的稱讚。」

她又轉頭對著雲娘指導幾句，「想必妹子已經有所察覺，咱們植物妖在對戰上，並不適合正面迎敵，這招瞞天過海，能夠鬆懈敵方的警覺，不過還不只這樣呢！」

她笑得自傲，示意雲娘往宮殿的方向一看，雲娘乖巧的遠望，心下頓時一喜一驚，喜得是那些本來圍繞在宮殿前方的凡人女子，這下全都輕飄飄的軟倒在殿門前。

她驚的則是，在他們這幾句談話之間，芙蓉一人竟然已能於談笑風生時，迷倒這麼一大群人，而這花粉當中含有的花毒，他們當中竟然沒有一人察覺出來。

她沉思著，幾秒之後，雙眼發亮的看著芙蓉花妖，「是花香，姐姐剛剛吐出的氣息是花香對吧？」

特意讓雲娘自己領悟的芙蓉花妖，這下子又更滿意的看著雲娘了。

「沒錯，以花香的味道掩蓋花毒的散播，瞞天過海看似美麗無比，卻能殺人於無形，如果我下的不是迷毒，恐怕這群人已是森森白骨。」芙蓉頷首。

聽至此，前頭的鹿角實在忍不住回頭揶揄了，「芙蓉妹子啊，妳真的很喜歡這個小傢伙呢！傾囊相授不說，還特意為她講解其中奧妙，怎麼我就沒有這種待遇？」

雲娘臉上一紅，她在這些妖族前輩的面前，的確就像是個小傢伙一般，自己漫遊人間千年，以為已經打遍天下無敵手，結果人家只虛晃一招，恐怕自己已經屍骨無存。

芙蓉花妖嗔怪的瞪了鹿角一眼，「你別來作弄我們家小妹，佔人家便宜做什麼？叫一聲雲娘妹妹，我們妹子倆才肯原諒你。」

鹿角無奈一笑，他知道芙蓉的意思，不過這妹子性子古怪，難得有喜歡的眷族也就罷了，他轉頭站定在宮廟前，往後一扔一罐玻璃瓶，「行了，妳繞著圈子拐我才是吧！」

接過了這一罐玻璃瓶，芙蓉花妖頓時笑嘻嘻的塞到雲娘懷裡，「快謝謝鹿角大哥吧！」

她又俯身在雲娘耳邊輕笑，「這一罐子裝的不是什麼稀奇物，就是妳的千年道行。妹子分成七日吃，一日一顆，別躁進，懂姐姐的意思吧！」

雲娘聽了頓時就想下拜，卻被芙蓉拖住，她不改嘻笑面容，又傾身說了一句，「行了行了，這事妳知我知，別鬧到閻王那去，當初說好的判詞，可不由得我們兩個私下作弊啊！」

一旁的水煙倒是翻了翻白眼，心想這位大姐，妳說得這麼大聲，而且全陰間的陰差都在這了，妳到底奢望誰的耳朵沒聽見啊？

沒想到他的心音轉眼就被芙蓉聽見，芙蓉一甩手，水煙立刻被捆成麻花捲，扔到草叢堆裡打滾，他邊滾邊懊惱，奇怪了，這個大姐怎知道自己在想什麼？

雲娘一急，拉了拉芙蓉的手，「姐姐，別為難他……」

芙蓉頓時扁眼，「這傢伙有什麼好的，回頭我帶妳去妖界認識幾個偉岸男子，一個一個都比他要好上數倍。」

雲娘還想分辯什麼，芙蓉就迎風躍起，前頭的鹿角跟她搭檔已久，兩人極有默契的在空中一前一後，奔至宮廟門前，鹿角大妖率先拆了門框，暴力的程度，讓後頭的陰差幾乎瞪掉了眼珠！

鹿角是純粹修煉肉身的妖怪，肉體的強度可以單手打穿玄武岩，要拆這區區木造的宮廟，對他來說簡直是小菜一碟，不！根本是涼水一杯！

鹿角與芙蓉頃刻間，就聯手拆了整座宮廟，讓所有的陰差進去搜索。

只是所有的陰差與判官掘地三尺，都並未發現魔的氣息，裡裡外外翻了個熱火朝天，大半天之後還是毫無收穫。

最後京玉沉思了片刻，眼神定在廟內唯一的凡人，他扶起了倒在神像之下的女人，經過雲娘指認，她就是那位今日一早，前來迎接她的年輕廟婆。

京玉又點了幾個年輕廟婆身上的穴道，終於逼出了一絲黑氣，黑氣在空中緩緩凝結，不斷的旋轉，京玉深吸幾口氣，極不甘願的下了結論。

「我們被耍了，這一絲黑氣，是魔特意植在這年輕廟婆身上，引我們前來的。」

他們因為此一絲魔的氣息，而大動干戈，包圍了這裡，卻未料到這是魔的伎倆，他輕而易舉地將所有人玩弄於股掌之間。

被京玉逼出氣息的黑氣，轉眼間就在空中，掀起一股陰森的風，颳得在前頭的京玉差點臥倒在地上，還是後方的鹿角，拱住他的背，與他一同抵抗狂風。

「小老弟扛著！不行就到我後頭去！」鹿角大喊。

但京玉打死不退，這一絲魔氣竟然還有如此癲狂的力量，狂風颳著自己的臉，滲出絲絲血珠。

他對著黑氣大吼，「你為何降世？又有何目的！」

在陰風當中，一聲嘶啞又蒼涼的聲音緩緩地傳出，「來不及了，已經來不及了。」

這聲音彷彿世上最尖銳的指甲，搔刮著眾人的心底，引起陣陣的疼痛，道行比較差的陰差，甚至當場七孔流血。

「來不及什麼？」京玉拚著全身的力氣再度向前一步，他想施術抓住黑氣，卻不知從何下手，黑氣虛無飄渺，卻能操縱狂風，擁有的力量深不可測，令人難以相信，這只是魔的一絲氣息罷了。

「你到底想做什麼？為何無故傷人，人魂自有其大道依歸，你是逸脫於其中的魔，如果能拋棄不甘與怨恨，自然能消散於無形之中。」京玉耐心說道。

聽見京玉的勸言，黑煙的聲音頓時瘋狂的大笑，「我為什麼要消散於無形？你當我傻了嗎？」聲音笑了一陣子，眾陰差已經抵擋不住。

「不要廢話了！快說，你的本體藏在哪裡？」鹿角大妖一時按捺不住，後半身的鹿形後蹄重重踏地，雙手已掏出棍棒，一棒打向黑煙。

黑煙被一棒從中劈開，逐漸消散，在最後的時候，他低低的說了幾句，聲音若有似無，只飄進了前頭的幾人耳中。

「來不及了，這已非我本意了……人間需要清洗，這是輪迴定律，我並非逸脫於大道，是你們不明瞭，我才是大道的一部分……你們想知道我在哪？我藏在人心當中，我無所不在……」

前頭的幾人，面面相覷，魔的聲音中透露出了濃厚的無奈，彷彿他也只是一枚被操縱的棋子，他身不由己，卻又殘害著無數人魂。

還有他反覆提起的來不及，又到底所為何事？

第十章　憐憫

出師不利，這件事情讓眾人都相當沮喪。

閻王會在這麼短的時間內大張旗鼓，本來心裡頭也存著一點僥倖心理——說不定能殺得魔一個措手不及，但是沒想到，對方早已對他們的打算瞭若指掌。

兵貴神速，這次他們卻始終落後了魔一步。

而這一步就讓他們處處吃癟。

帶著魔所遺留的訊息，眾人與大軍又回返陰間。並由京玉率領各級判官向閻王稟報，此次征討人間子母廟的情況。

雖然閻王早已於水月鏡當中，看得一清二楚，但他仍然邊沉思著，邊聽京玉的回報。

在京玉的陳述結束之後，好半晌，整個閻王殿靜得連一根針都聽不見，一排的判官各自眼觀鼻、鼻觀心，連水煙也拉著雲娘，遠遠的站在後頭等著。

誰都不想面對閻王的怒火。

只有鹿角跟芙蓉，站在閻王的桌前，面沉如水的等待著。

他們兩個跟閻王是舊識了，這些年來天界什麼都不管，好幾次人間發生了大事，都是由妖界遴選管理者，跟陰間一起遮掩著過去的。

而倒楣的鹿角，已經不只連任三屆妖界管理者了，所以跟閻王也算是老朋友，只是他們次次見面，都是人間或者妖界出大事，所以總看見彼此的臉就覺得不對勁。

閻王面色凝重，倒是沒有如眾人預期中的發上好一頓脾氣，他聽完了京玉所述，好一會才回過神來，對著眾人擺擺手，臉上盡顯疲憊的神色。

「天界的使者尚未抵達，天、地、人三界不齊，我們又失去了魔的蹤跡，眼下只能按兵不動，靜觀之後的事態發展，我們……之後再作打算。」

鹿角聽至此，面上不服之意相當濃厚，一個箭步往上，他是妖界的管理人，也是這次的代表使者，雖不在三界之中，卻有相當的分量說話。

他氣憤的說著，「如果要等天界，那我們什麼事情都不用幹了。我說，不如再派一次大軍，把人間翻得天翻地覆，我就不信抓不到那隻魔！」

閻王沒好氣的瞪了他一眼，「你怎麼不派你的妖界大軍？陰差不只鎮守陰間，還肩負人魂轉生之責，緝捕魔的事情又不是一天兩天，難不成我的陰間這段時間都要放空城？」

鹿角被閻王的話念得噎了一下，「話是這樣說沒錯，但是那隻魔一日不除，還不知道要損傷多少人命！」

他義正詞嚴，心裡卻是有點害臊。

妖界大軍？從雲娘身上就可以發現，妖界一向是三不管地帶，每日誕生多少妖魂連他都不清楚，他這個管理人也只是個掛名罷了。他要從哪裡湊大軍出來啊！

閻王重重嘆一口氣，心底默念了一會，桌上出現一本厚重的古籍，上頭書封清楚寫著人間之劫。

他翻了幾十頁，找到有關於魔的記載，掉轉了方向給鹿角看。

「你修煉的時間不夠久，並沒有經歷上一次魔出世的時候，你口口聲聲說要誅討那隻魔，你可曾知道，魔每一次出世，都是由誰降伏嗎？」

鹿角一聽，趕緊好奇的湊向前，一頁一頁的翻著，上面記載著各方的征討記錄，卻無一人能夠終結魔的為惡，「這是……這是什麼意思？」鹿角腦袋裡飄過一絲靈光，卻恍惚即逝。

「意思就是，從來沒人能夠降伏由人間出世的魔。」閻王把自己的背摔進椅子當中，「我會派大軍前往人，也只是賭一個運氣罷了。」

「從來沒有人可以降伏？」鹿角不敢置信。

「魔為何降世？」閻王先是問了一句，又接著回答，「因為人心的惡氣招致天魔降世，這是人間的劫難，人間的定數，你說，誰能夠終結？」

「那這些一次次的紀錄，又是如何留下？」鹿角皺起了眉頭，「照你這麼說，人間早該崩毀了。」

「不會有那種事情發生。」閻王搖搖頭，「劫難也有其氣數，氣數過了，劫難就消散了。」

「那現下……人間可怎麼辦才好？劫難有其氣數，但是我們可還不知道他要損傷多少凡人的性命。」一旁的芙蓉，聽了半晌，終於憂心忡忡的接話，人間對妖界來說彌足珍貴，不只是新生妖魂的誕生之處，更是修煉成長的地方。

沒有一隻妖，會對人間沒有情感的。

閻王無奈的比出四根手指頭，「還是那四個字。」在眾人的注視下，他的聲音顯得特別的無奈，「靜、觀、其、變。」

聽見閻王的話了，眾人皆是長嘆一口氣。

最後方的水煙跟雲娘對看一眼，都瞧見彼此眼中的擔憂，水煙擔憂雲娘，雲娘擔憂凡人，他們不動聲色的往後退了一步，走出了閻王殿，緩步在陰間的道路上。

「我們什麼都不能做嗎？」雲娘垂著頭，有些氣餒。

「妳雖然得回道行，但是妳也聽到了，魔是人間的劫難，就算有十個八個妳的，也填不了人家的牙縫。」水煙攤開手，他就怕雲娘不管不顧的往前衝。

「不是這樣。」雲娘搖搖頭，她抬起頭來看著水煙，「從一開始到現在，那隻魔有傷害過我們嗎？」

「妳忘了那些駭人的魔物嗎？」水煙大聲回答，聲音卻逐漸小了。

他停頓了一下，明瞭雲娘的意思了，自始至終，都是幻象。

那隻魔絕對有能力毀天滅地，但是他卻沒有這樣做。他在想什麼？

他想要做什麼？

「我經歷了兩次幻象，我幾乎觸碰她了。我……似乎可以理解她。她現在是一個母親、她很痛苦、她正在極度的內疚中煎熬。」雲娘輕輕開口，支離破碎的說著，她沒有多大的把握，但是她在一次次的幻覺中，都感受到那種極度的癡狂。

因為傷心而不得不癡狂，因為想忘記悲傷而將自己逼瘋。

會不會那些女子都是這樣發瘋的？

茉莉花，不是那些女子求救的訊號，而是她們的悲歌，她們共同傳唱的內疚。

「停下來！」水煙大喝了一聲，雲娘猛然被驚醒，她一抹，臉頰上滿滿的都是淚。

「我……」

水煙低頭，專注的看著雲娘，「這不是妳的錯。」他專注地說著，看著滿臉淚痕的雲娘，有一種擁她入懷的衝動，但他只是別過頭去，「我們去找她吧。如果妳覺得是她，而不是他。或許我們還有一點機會。」

雲娘的眼神瞬間亮了起來，「是的，我們還有機會，我知道她的心情，我哺育過孩子，我知道她的痛苦跟內疚，我讓來寶跟著陰差走的時候，我知道那種幾乎瘋狂的頂點。」

水煙伸出了手，放在雲娘肩膀上，「那不是妳的錯，也不是她的錯。我們走吧。」

雲娘再度與整個島嶼的植物共鳴，他們共同分享所見的一切，她站在溪澗之間，赤足踏在泥地上，她閉上了眼，神識穿透了土壤，逐漸經過了無數的黑暗，接著迎接光明。

她的感官遍布整座島嶼，她不帶感情，她只是觀看。

她與植物們共享所擁有的一切，它們歡欣鼓舞，它們叨叨絮絮的聲音流成一條水流，湧入了雲娘的腦海；它們看見了這座島上的每一個角落，每一次的悲歡離合，每一份眼淚的重量，它們不斷述說，雲娘深深閉上了眼，沉浸在其中。

她猛地睜開了眼睛，皺起了眉頭，看著身旁的水煙。

「怎麼了？」水煙摸摸臉上，有什麼地方不對勁嗎？

「不是你。」雲娘收回了自己的神識，「我看見了。」

「妳看見什麼？快說啊！」水煙著急了。

雲娘遲疑了一下，「你知道以往魔降世的時候，是用什麼擾亂人間秩序嗎？」

水煙不加思索，「戰亂。多數是戰爭，偶爾是喪心病狂的殺人魔、江湖大盜、也出現過權傾一朝的宦官。」

「所以是人。」雲娘瞪大了眼睛。

「人？」

「他躲在人身上！我們當然找不著，閻王的軍隊掘地三尺都找不到他！」

「這我們當然知道，所以閻王才會這麼消極，我們只能等。」水煙嘆了一口氣，「不過妳問這個做什麼？」

「但我想……我看到她了。那個年輕廟婆！」雲娘不甚有把握。

水煙一下蹦了半天高，「妳看到她了？她在哪裡？」

「一開始，我看到很多母親在哭。」雲娘揉了揉眉心，她的額頭滾燙著，那些景象太過殘忍、太過讓人痛心。「她們失去了自己的孩子，不是那種失去，她們的孩子平安來到人世了，但是被偷走了……」

「被偷走了？」水煙驚呼。

「對，被偷走了，被一個披頭散髮的女人偷走……就是那個年輕廟婆爬進了屋子裡，將嬰兒偷走了。」

「……多少嬰兒被偷走了？難道是魔嗎？她要這些嬰兒做什麼？」

「我不知道，我可以看見那些景象，但是太快了，咻一下的就過去了。」雲娘快急哭了。

「別急，妳知道那些嬰兒在哪裡嗎？」水煙放緩了口氣。

「我不知道，我看不見……」雲娘再度閉上了眼睛，那名女子不像自己先前所見的那樣有精神了，她現在披頭散髮，狀似癡狂，卻能溫柔的抱著嬰兒，沒有弄出一點聲響，帶走了他們。

「沒有嬰兒的蹤跡嗎？」

「嗯……她將他們藏得很好，大家都沒發覺，任何一個角落都沒有。」

「好，我們不知道她的名字，不知道她的藏身處，但我們都見過她，尤其是妳，我們得找人幫忙，有一個人可以幫我們……」

他們急匆匆地返回陰間，找了一個住在街尾的老丹青，按著雲娘的敘述，慢慢的畫出了那名女子的面容。

丹青師傅技巧純熟，但憑口述畫人，能有相當的難度。萬幸丹青師傅極有耐性，聽見此畫事關重大，二話不說捲起袖子開畫！

丹青師傅聽著雲娘的敘述，他們一連作畫了數十張，唇眼眉齒皆反覆修改，最後終於有了一張，神肖雲娘口中的年輕廟婆。

但這畫要給誰？

水煙與雲娘倒是傷透了腦筋，雲娘搖搖頭，她的眷族遍布全島，都沒有見到這女子的落腳處，他們誤以為魔已經拋棄自己的信徒，錯失了第一次抓住那名女子的機會，再也無法挽回了。

此畫，就算給了閻王，恐怕也是相同的下場，魔遮蔽了這名女子的所有氣息以及蹤跡，他們沒有時間浪費了。

「她是凡人，不可能活得悄然無聲。我們找不到，凡人說不定找得到。」最後水煙一捶掌心，兩人直奔人間警局。

陰官向人間報案，這可是千百年來頭一遭，水煙也是死馬當活馬醫，這魔有心防備，早已將此女蹤跡搗得嚴實，斷絕了所有陰差找到她的可能。

但是水煙跟著雲娘在人間晃蕩了一陣子，他熟知凡人的習性，她要有地方落腳，她就得有錢，至少她得繳房租，她帶走了那麼多的嬰兒，卻還沒有任何的嬰兒屍體被找到，那代表她仍然養著他們。

那她得有很多的錢買奶粉，嬰兒可不是人魂，不吃不喝都能乾耗著。

所以他們踏進了警局，送上了這張畫像。

人間警察正在為了最近層出不窮的「擄嬰案」煩得不得了，他們接到了全島數十件的報案，嫌疑犯幾乎出沒在全國，這太違反常理了，正常來說，會綁架嬰兒或者兒童只有兩種可能，一是想要贖金、二是人口販賣。

但是數量這麼龐大的擄嬰，他們完全猜想不到嫌犯想要什麼。

「她是一個母親。她想要孩子。」

雲娘坐在警察局，她也是大姑娘上花轎，頭一遭。但是他們真沒辦法了，只能把希望寄在凡人身上。

「孩子？」負責此案的陳刑警皺起了眉頭，報案的女子對嫌犯如此熟悉，難道？

他坐了下來，仔細瞧那張畫像，卻看不出所以然來，每一個報案的家屬都沒有親眼看見嫌犯，家裡附近的監視器也完全沒有拍到蛛絲馬跡，他們幾乎陷入死胡同，但這時卻有天上掉下來的禮物？

不，他辦案多年，天上只會掉狗屎下來。

雲娘不知道陳刑警在想什麼，她只是點頭，「她失去了自己的孩子，她現在的狀況很糟，她時而清醒時而瘋狂，她想要回自己的孩子，但是她知道那是不可能的……」

「小姐，我可以先問妳一個問題嗎？」陳刑警意味深長的看著雲娘，「妳是嫌犯的誰？家人？姐妹？同夥？或者妳就是嫌犯……嬰兒在哪裡！」

陳刑警大喝出聲，雲娘愣住了，一臉不可置信。

「我們不是！哎呀！這沒辦法向你解釋，你快去抓那女人就對了！」一旁的水煙急得跳腳，卻看見陳刑警拿出了手銬。

雲娘所陳述的一切，竟然與警局內側寫出來的犯人不謀而合，她甚至說對了最重要的一點，這嫌犯時而清醒時而瘋狂，她滿懷內疚與罪惡，她極有可能向外界求援，用著旁人無法想像的模式。

所以陳刑警懷疑雲娘就是這名嫌犯！她想以報案的方式求援！

「等等！這女的我有點印象……」分局裡的老警察忽然開口，他站起身來，接過畫像，沉吟再三，終於從後方的櫃子裡拿出了一個檔案夾。

他一翻開檔案，就是一個嬰兒的屍體，嬰兒身上布滿著紫黑色的傷痕，令人不忍卒睹，眾人深吸了一口氣，老警察走到門口點起了菸，「這是三年前的事情了。」

在香菸的煙霧繚繞中，老警察說起了這件在他警察生涯中，他辦過最恐怖的案子。

「三年前……這裡曾經辦過一樁嬰兒失蹤的案子。你們帶來的畫像，就是那樁案子的母親。」老警察抽起了檔案夾中的照片，眾人皆是一愣，幾乎是完全一模一樣，只是照片中的這女子更加年輕。

「這個母親是單親媽媽，聽說也沒結婚，跟個煙毒犯在一起，懷孕了之後，家裡人反對得很，但是她還是堅持著要生，就住在離這裡不遠的公寓裡。」

「生下來之後怎麼辦呢？養小孩可沒這麼簡單，樣樣都要錢，自己的男友又指望不上，家裡因為盼著她回頭，狠心斷絕了所有的金援。」

「結果這女人，就把孩子託給了男友。自己北上賺錢了，每個月只能賺個兩萬，還寄了一萬多回來，瘦得連骨頭都要透出肉了……」

「託給男友？」陳刑警驚呼了一下，「這不是什麼好主意吧？」

「明眼人都知道不是，但是那女人賺得不多，她又不可能把孩子帶上去，北部褓姆費可不比我們這裡。她以為虎毒不食子，再者那個煙毒犯男友也信誓旦旦的發了毒誓，說自己一定好好照顧好孩子。」

陳刑警嘆一口氣，問出了大家都想知道的答案。「最後呢？」

「前半年好端端的沒事，接著她那男友不知道發什麼瘋，又開始吸毒，只一個月，就把自己的孩子摧殘得不成人形，最後錯手殺了這才剛出世半年多的孩子，還謊稱孩子不見了，那時讓我們一陣好找。」

老警察捻熄了菸，「你們該看看那母親找到自己孩子屍體時，臉上那種表情，我一個大男人，我看了都怕。」

眾人沉默了片刻，陳刑警站了起來，「那女人叫什麼名子，她現在在哪裡？」

「她叫吳緘音，如果我記得沒錯的話，應該是在監獄中服刑，她差點殺了自己的男友，因為傷害罪入獄了。」

「傷害罪……又其情可憫……不會判太重的。」陳刑警猛然一拍桌子，「通緝吳緘音，快快快！照片跟通緝令全境發布！」

通緝令想當然的沒什麼用。

畢竟此魔，或者該說是吳緘音有備而來，她沒有留下任何的蹤跡跟監視器影像，但是陳刑警卻意外的在她的信用卡帳單找到了線索，她訂購了大批的奶粉跟嬰兒用品，送到了中部的某一個山區。

陳刑警與快遞公司交涉了半天，終於找到當初送貨的司機。

司機回憶起來當時送貨的路徑的確有些不尋常，那是一個在GPS上找不到的地址，但是當他皺著眉頭開到那裡時，卻發現真有一個那樣的民宅，矗立在不該存在的地址上。

他卸下了貨，依稀可以聽見嬰兒的哭聲，但是他沒有多問，那棟民宅十分偏僻，只有一個女人出來簽名。

陳刑警拿起了當時貨運的簽章備份單，對著後頭的刑警喊，「調動人手，包圍這座山，開始搜索。」

「等一下！」作為嫌疑犯的身分，還被留置在警局中的水煙跟雲娘大喊一聲。

他們對看一眼，都明瞭對方心中所想，司機的證詞或許在陳刑警耳中聽起來不算什麼，但他們立刻就知道了，吳緘音是藏在魔所建立的幻境中。

如果吳緘音沒有讓他們抵達幻境，他們是不可能找到那些孩子的。但是這又要怎麼說呢？凡人不會明瞭的……

水煙嘖了一聲，不管了，他拉住陳刑警，「這個吳緘音非常危險，你們貿然前去，她一定有所防備，如果讓她逃脫了這次，下一次我們要找她，絕對沒這麼簡單了！」

陳刑警抬起眉毛，「你不信任我的隊伍？」他才不信任這兩個莫名其妙出現的傢伙呢，但是他們給的線索是真，又有了相關檔案的佐證，這才勉強扣著。

「不是不信。」水煙看了一眼雲娘，「很多東西我解釋不清，但是你們貿然前往一定打草驚蛇，我有個辦法，你看這些貨運的單子，她每個月叫一次貨，算算時間，就在後天。」

陳刑警沉吟了起來，「你的意思是，我們等到後天，等著貨運司機替我們開路？」

水煙點點頭。「沒錯。」

「但這有些危險，我們的職責是保護百姓，可不是讓人民去當誘餌……」

「這貨，讓我們來送吧？」看見陳刑警有些動搖，水煙趕緊打蛇隨棍上。「再說，我們還想洗清嫌疑呢！」

「……有這個必要嗎？」陳刑警打算大隊包圍山區，包準那個吳緘音插翅難逃。

「相信我們。」水煙專注的看著陳刑警。

「好。後天我們見機行事，你會開貨車吧？吳緘音一次叫的貨能夠養活上百個嬰兒了！」

「……不會也得會！」水煙一咬牙，可憐他一介古人硬著頭皮準備學開車了！

後天很快就到了，快遞公司接了單，裝上了滿車的貨，筆直的開上了高速公路，接著……停在不知所措的水煙面前。

水煙戴著一頂鴨舌帽，身穿快遞公司的綠色制服，上了貨車的前座直冒冷汗，哎這下子真是趕鴨子上架，騎虎難下了！他握著方向盤，往山區一路開去，雲娘跟著陳刑警的車，遠遠的跟在後頭。

陳刑警摀著臉，悲慘地看著前頭歪歪斜斜的貨車，不由得捏了一把冷汗，萬幸路途不長，由警局到地址上的山區，約莫只要十五分鐘而已。

應該、應該不會出車禍吧？

他們一路開，進了深山，開始狐疑了起來。

陳刑警的部下清查過了，這座山只有些許的獵戶跟農戶居住，基本上沒有什麼民宅登記在冊，都是一些方便農民跟獵戶的農用小倉庫而已，這也是最後陳刑警會點頭讓水煙來送貨的最主要原因。

他們可沒把握找一個不存在的民宅。

但他們不斷地開，卻抵達了一個奇異的交叉口，一邊是往深山去，一邊是平坦的柏油路，路旁高掛著太平路XX段X巷的牌子，而吳緘音的地址就在太平路XX段X巷X號。

水煙轉了方向盤，所有警察的臉色都沉了，

「這裡離太平路他媽的至少有十公里遠。」一個警察啐了一口，臉黑了一半。

「那小子說的話是對的，這地方我們自己瞎找，恐怕得找到明年。」承辦三年前此事的老警察坐在後座，他往後一躺，臉上蓋上了當年的案宗。

他的心裡很複雜，當年那個母親幾乎在自己兒子的棄屍處發狂，他到現在想起來都心有餘悸，他不是不同情那個母親的，他甚至出庭作證，讓她減緩了一些刑期，但是如果她真的擄了這麼多的嬰兒，她又想做什麼呢？

水煙開著貨車，繼續往那條奇異的道路上前進，他耳裡戴著無線電，聽見後方警察的交談聲，他心裡沉甸甸的，閻王的大軍也正往這裡前來，他們即將與心魔正面交鋒。

「到了。」坐在駕駛座上的水煙，在一棟民宅前踩下了煞車，對著耳邊的無線電輕輕開口。

「你先按電鈴，引吳緘音出來，我們警察從這裡開始徒步包圍，聽我的命令，不要躁進。」陳刑警揮揮手，下了命令。

五部警車的警察輕裝而出，踮著腳跟包圍這一棟磚紅色的民宅。

水煙按了門鈴，壓低自己頭上的鴨舌帽，他還沒想好要跟吳緘音說什麼，吳緘音就開門了，她穿著整套的運動衫，面色蒼白，眼神茫然。

她接下了水煙手上的送貨單，看著上頭的品項似乎有點不解，她困惑的抬頭，卻又在下一瞬簽下了自己的名字。

「謝謝你。放在前門就可以了，我自己會搬進去。」吳緘音開口，聲音低啞，她捏著衣角，臉上十分焦慮。

「……這天氣可能會下雨，我幫妳搬進去吧？」水煙開口。

「不用了。」吳緘音搖搖頭，神色畏懼，「她說不能讓人進去。」

「她？她是誰？」水煙趨前一步。

「我、我不知道。」吳緘音慌張的退後。「你快回去，她要回來了。」

水煙一把握住她的手，管不了這麼多了，「她操縱你綁架這些凡人的孩子？她想做什麼？妳快說！我們能幫妳！」

「……」吳緘音低垂著頭。

「妳快說啊！」水煙急了。

「跟你什麼關係?」吳緘音抬起頭來，臉上的神色已經改變，她似笑非笑的看著水煙，「跟你有什麼關係?你是男人，你永遠不能理解對一個母親來說，孩子是多麼珍貴的存在。」

水煙倒退一步，不對，這不是吳緘音!

「從胚胎開始，孩子就在母親的體內成長。你們只會說著虛假的謊言，你們說那只是一個小點，還沒有任何的知覺，甚至連孩子都稱不上……」吳緘音一揮手，水煙立刻往外摔。

「但是那種失去的感覺，你們有誰可以理解?我只是應了她們的心情，天下的男人，你們知道有多少女人恨你們嗎?在午夜夢迴的時候，在你們的枕邊，想著如何殺死你們嗎?」

吳緘音沉浸在自己的情緒中，她已經被魔控制了，那些短暫的清明消失無蹤，她抬起手，水煙被高高拽起，雙腳離開地板，他逐漸變成透明，回復人魂的狀態，但他被吳緘音一把掐住，臉色逐漸鐵青。

「他不能懂我能懂!」雲娘從後頭往前奔，她站在水煙身旁，憐憫的看著吳緘音，「魔應了妳的召喚，給了妳能夠殺人的能力。」

他們剛剛在後院找到了吳緘音男友的屍體了。

「但是魔不能給妳真正想要的東西。」雲娘往前走，「放棄吧。這些孩子都不是妳的，吳緘音我知道妳還在，妳的性格堅強，妳幾乎能在魔的控制下恢復短暫清明了，妳放棄吧，放棄與她的連結。」

「……來不及了、來不及了。」吳緘音臉上流出了淚。她張開手臂，背後的民宅燃起了熊熊大火，「她只是應我召喚而來，她身上卻不只背負著我一人的苦痛，多少失去孩子的母親，她們在暗夜裡哭泣，她們想要回自己的孩子。」

民宅發出了燃燒的聲音，啵啵啵的令人怵目驚心。警察們往前一撲，撞開了大門跟窗戶，卻被困在火焰之外，看著裡頭幾乎上百個嬰兒不斷的啼哭。

事情太嚴重了，趕來的京玉一揮手，陰官立刻飛上了天，施術要熄滅這一場大火，但是魔的能力，又哪是他們可以抵抗的。

看著大家徒勞無功的模樣，雲娘又往前了一些，身旁是被吳緘音摔在地上的水煙，他喘著氣，拉住了雲娘的裙襬。

「妳也不想傷害這些孩子吧？」雲娘向前，「放棄吧，現在還來得及。」

她還想再勸，陳刑警已經往前一站，京玉的魂體附在其上。「雲娘，讓開。」

「……她向我求救過。她還有回頭的餘地，她……」

京玉打斷她的話，「裡面那些孩子等不了這麼久。」

雲娘沉默，側過了身。

京玉抬起了手，手上的槍口指著吳緘音，他扣住了扳機，砰的一聲，開槍了。

雲娘跟水煙都愣住了，沒想到想到京玉竟然如此果斷殺伐，吳緘音尖叫一聲向後倒去。

陰官們立刻全力搶攻這場大火，他們降下漫天的細雨，從地底湧出泉水，漫過了門檻與著火的房間。

或許是吳緘音已經死去，火勢竟真的慢慢熄滅，一陣燒焦的味道在空氣中蔓延。

警察們不知所以，他們看不見天空中大隊的陰差，在自家長官的揮手示意下，趕緊衝進室內，抱起了一個個幾乎窒息的嬰兒。

嬰兒們臉色發白，翻著白眼，毫無知覺。警察們不斷的搖動著他們，但是近百個嬰兒一字排開，他們連要從哪一個開始搶救都不知道了！

這時候，一名陰官操縱著一陣清風，狂風轉眼縱起，風灌進嬰兒們的咽喉，竄進他們幼小的肺，嬰兒們嚎啕大哭了起來，所有人終於鬆了一口氣，癱軟在地上。

陳刑警對著耳邊的無線電開口，「所有人都收隊，帶著吳緘音跟嬰兒們送醫。」

雖然吳緘音送的是醫院裡的太平間了。

「長官你？」警察們準備走了，卻看著自家長官仍然站在原地。

「你們先回去。」陳刑警頭也不回，只是揮了揮手。

小他許多階的刑警摸摸鼻子，帶隊回去了。

陳刑警終於轉過身來，他牢牢的看著雲娘，「眾將聽令，逮捕大妖雲娘！」

雲娘沒有想過自己還會回到陰間的大牢內，水煙也沒想過。他們兩個相坐無語，好半天什麼話都沒說。

不是不想說，而是身旁大把的人，整隊的陰差就看著他們倆，水煙能夠進來探視雲娘，已經是閻王額外給的恩惠了。

魔本無性別之分，他是由人心的惡氣所生，每一次降世的魔都會參雜著不同的情緒，這一次的魔，由怨恨、不甘、內疚、罪惡等等的複雜情緒組成，他深染於人間，利用了吳緘音，建立起子母神的信仰。

透過子母廟的祭祀，他聽見了很多的聲音，他最後深染其中，連他自己都不可自拔。他終於成為她，成為吳緘音，殺害了前男友，偷走了上百名的嬰兒，只想要回自己的孩子。

但是魔犯了一個嚴重的錯，她低估了一個母親的韌性，吳緘音只想要回自己的孩子，她不想傷害別人，但是魔毀了很多女人的魂魄，所以吳緘音與魔一直在拉鋸。

魔奪走人魂的情感，吳緘音卻在幻象中碰觸到雲娘的心，告訴她藏在最裡頭，那一些真正的事情，比如她的瘋狂與內疚。

魔想操縱人心，卻反被操縱。

吳緘音的孩子早在三年前就死了，所以雲娘說，魔不能給吳緘音真正想要的東西，

但是殺死吳緘音並不能真正的解決一切，人間的劫難，並不會隨著吳緘音的死亡而消散，最後那一絲魔氣從吳緘音口鼻逸出的時候，竄進了雲娘心底，雲娘是離魔最近的人，她在最後的時候，起了一絲憐憫。

她，憐憫吳緘音。

她，知道失去孩子的痛，她，與魔還有全天下的女人共鳴了。

所以她給了魔機會遁入她的心底，她某一種程度來說，也算成魔了。

沒有其他辦法的京玉，只能逮捕她，閻王殿的燈火徹夜通明，他們反覆商討，最好的方法先不論，次好的是將雲娘關起來，直到此劫難的氣數到了盡頭，但是這又太殘忍，誰知道此劫難的氣數有多長？弄個不好，雲娘說不定要被關上上千年上萬年。

別說雲娘不肯，芙蓉第一個就跳出來指著閻王的鼻子罵了。

但是魔已經遁入雲娘心中，她藏在雲娘心底，說不準哪一天又能掀起滔天巨浪，沒有人的心底沒有黑暗，只要讓魔找到一絲機會，她就能再度禍害人間。

水煙來來去去，日日陪著雲娘，他不是不關心閻王殿裡的討論，而是他看著日日憔悴的雲娘心裡越發的捨不得了。

「其實我覺得這是我的錯。」

一日，水煙背靠著欄杆，夜很深了，周圍的陰差又散去了一些。他低聲開口，對著隱

在月光裡的雲娘說話。

「怎麼會？」雲娘輕聲，聲音有些乾啞。

水煙雖然日日來，但周圍的陰差實在太多了，他們很少說上幾句話，都是交代她要吃要喝，雲娘淺淺一笑，水煙也不想想，她都修上花妖了，日常吃喝其實早已不必。

「我知道，妳很喜歡凡人。」水煙嘆一口氣，轉過來巴著欄杆，雙眼瞅著雲娘，「這都是我的錯，我不在妳身邊，妳才會喜歡上我們這些短命鬼。」

「短命鬼？」雲娘失笑，她也往前挪了一些，大牢裡並不寬敞，兩個人隔著欄杆，看著彼此。

「是啊。凡人壽算不過百年，我害妳入世、害妳學會分離、害妳傷心。」水煙的話逐漸消去聲音，他深深的感到自責。

當時在場的陰官都已經放下生死，並且身上有陰間的官職保護，他們記得保護人間警察，卻忘記這個寂寞一生的花妖隻身涉險。

雲娘和魔起了共鳴是事實，他沒有保護好雲娘也是事實，這是他的錯更是事實。

「別這麼想，是我心智不堅。」雲娘伸出手，輕輕碰了一下水煙的手。

「不，是我千年之前太過自私……」水煙撇過頭。

「不要這麼說，你是第一個對我說話的人，你的淚，你灑下的酒，都像是火一般的灼熱，我想知道你為什麼這麼傷心，我想知道當一個人，怎麼會有這麼巨大的苦痛，我想瞭解你，我才回應你。」

「雲娘……」水煙終於落下淚來，他什麼話都說不出口。

這麼久了、他早已忘記當時那種幾乎深沉的絕望，他瘋瘋癲癲的數百年，拋棄所有來生的希望，他現在卻忽然很想重來一遍，他想讓雲娘知道，生命不是只有苦痛，還有更多的歡欣。

「唐之殷。」雲娘輕啟唇瓣，她伸出手，接住了水煙的淚。「我把你的名字還給你，如果我不存在了，你要永遠記得你是誰。是你，在那一夜喚醒了我，是你，給了我更多的可能。」

「不會的、不會的……」水煙幾乎泣不成聲。

雲娘終於說了，他們這幾日不敢交談、無法觸碰的問題，雲娘就這樣雲淡風輕的揭過，他們都在害怕，害怕這最後一個可能，閻王可能會下令直接殺了雲娘。

這，是最簡單的辦法了。

終章　抉擇

鹿角有一個祕密，眾所皆知。

既然說是眾所皆知，又怎麼能稱為祕密呢？

因為鹿角不許人家提起。

如果有好事著，特意在鹿角面前說上一句，恐怕來年此人的墳墓前，就有長得比樹還高的草──鹿角會天天去替你的草澆肥的。

順便踹兩下墓碑。

別看鹿角這一個粗獷的大野妖，他其實精通音律。

這說起來還有一段故事。

鹿角曾經愛上凡間女子，不過這女子可不簡單，是當時皇上的愛妃，而鹿角為了要見佳人一面，竟發奮修習音律，最後以一介琴師之姿，破格被延攬入宮。

你想問他，為什麼不帶那位愛妃遠走高飛？這可別傻了，鹿角何嘗不想，但是人家愛妃上有父老，下有堂兄弟姐妹，一大家子浩浩蕩蕩，都靠她一人吃穿。

如果愛妃一走了之，引起天子震怒，恐怕她的家族死得連隻蟑螂都不剩！

所以愛妃不走，而鹿角也不走。

兩人癡戀了幾十年，在妖界狂妄無比的鹿角大妖，竟一直在宮中扮演那名苦情的樂師，讓人看了也只能問上一句「到底問世間情為何物？」。

但是也因為這樣，鹿角這輩子最強悍的兩個技能，一個是打架，另一個就是彈琴了。

只是這段過去，是鹿角他不許人家提起的回憶，他珍藏在心中，誰都不能輕易碰觸。

這段故事，就是鹿角的祕密，他為了修習音律，把自己的一雙鹿角化為鹿角琴，這「琴」比金堅，還大有能耐，一奏樂千里皆聞，傳聲、送訊都好用得不得了。

當然，鹿角寶貝得要命，沒人敢借上一用。

「你要跟我借琴？」鹿角幾乎不敢置信。他與閻王是舊識沒錯，但這可不代表閻王可以任意提起他的心病，鹿角自覺有病，這琴他不能再彈。

「是。我有大用。」閻王慢條斯理的喝了一口茶，桌上的卷宗堆積如山，他已經絕望了，他往桌下一掃，還他一個乾淨的泡茶桌。「你、借還是不借？」

「不借。」鹿角氣呼呼的撇過頭。

「那好，花妖雲娘的死期就訂在明日。」閻王氣定神閒，再喝一口烏龍茶，這茶葉來自魔降世的小島北部，滋味卻意外甘醇香厚。

「……我們不是都說好了嗎？由陰間看守雲娘千年，直到魔氣消散。」鹿角愣了一下，大呼小叫的嚷了起來。

「千年之期太長。」閻王再倒一杯，真是好茶好茶。「若千年之間，發生任何變故，誰要負這個責？是鹿角大妖你，還是閻王我？」

閻王不留情面，斬斷鹿角的任何念頭。

「她非死不可？」鹿角試圖掙扎。

「是。」

「我……我不借！」鹿角氣得脹紅臉，閻王非得逼他？

「哦，我以為你會答應。」

「……」鹿角氣得不肯說話。

閻王笑聲朗朗。

「他不借我借！」芙蓉從殿外施施然走進來，當頭給了鹿角一個爆栗，「你都喚人家一聲妹子，難道眼睜睜看人家送死？還是你連我這個『妹子』的情面都不顧了？」

芙蓉特意加重了最後一個妹子的聲音。

「哼！」鹿角跺腳，整個宮殿為之震動。

「好了好了。」閻王終於放下杯子，他一拍桌，桌上茶具隨之消失，「別氣了，我借你的琴是有大用，花妖雲娘身上的魔氣只有你能除，我不只要借你的琴，還要借你的人。」

鹿角的琴非凡間之物，甚至天上地下也只有這一架，也只有這一個癡情的千年鹿妖，才會將妖怪們視若珍寶的一對雙角煉化成古琴。

他的琴所彈出的樂曲，能夠淨化天地之間任何的惡氣，弭平所有的怨恨與不甘。此次魔應了人心的召喚而降世，在人間帶來了無數的騷動，他們雖將最後一絲魔氣帶回陰間，卻難保那些惡氣還在人間流竄。

閻王要鹿角奏琴，在人間小島上連奏七日，除了掃除惡氣形成的瘴癘以外，也將淨化此魔的最後一絲神識——雲娘的心。

雲娘的心沒有錯，但是她起了不該有的憐憫，讓魔鑽了空子，閻王要保雲娘不死，只能淨化她心底所有的情感。

她會記得所有人、她還是能擁有這千年的記憶，但是她將不再有感覺，她的所有情感都會消失，唯有如此，魔才能真正消散於天地間。

這是殺招，殺敵一千自損八百，但是這是閻王與芙蓉所能討論出來最好的辦法。

一曲神曲下了第一個音符，天地為之震動。

鹿角坐在大廈的頂樓，這裡是中都的一百五十樓，凡人的科技讓他嘖嘖稱奇，人類背離了巫術與自然，卻走向了理性與文明。

這樣子，也算是走出了自己的道吧？

鹿角單手撫著琴，在高樓的燈光閃爍下，不無感慨的想著。在人類的科學未臻完善之前，這些阻擾人間未來的魔物，就讓他們來清除吧！

他身後一個棺木在高空中不斷旋轉，上頭纏繞著一絲絲紫黑色的魔氣，鹿角知道，那是雲娘身上的魔氣正在拚死抵抗，魔不想死，雲娘不想割捨情感，但他答應了閻王、答應了芙蓉，他沒有回頭路了。

他舉袖齊眉，深深吸一口氣，刻入骨髓的情感，濃烈的從骨中迸發出來，他將自己沉溺進過往，沉溺進那些斑駁的記憶裡。

自從翠嬛死後，他就封了鹿角琴，原因無他，這種刻骨銘心的痛，再想一次都是折磨。

鹿角苦笑著，回頭再看一眼身後的棺木，雲娘的心情與他相同嗎？如果是他，寧願死宛如刨開心臟一樣難受，卻自死都不肯放棄的折磨。

明眼人都看得出來雲娘對那陰官的依戀，契約本來就是一種很可怕的存在，當你為了也不願意放棄對那女子的情感。

雲娘與那陰官陰錯陽差下，卻締結了終身無法解開的契約，他要洗滌雲娘身上的魔氣另一個人而生，你就注定了一生為他奉獻。

與情感，第一步就得破除這個契約，他的琴音將超越一切的存在，雲娘會遺忘所有的依戀。

七天是吧？來吧！翠嬛會陪著我，直到我倒下為止。

他會還給大家一個雖然破損卻安好的花妖雲娘。

鹿角深深吸一口氣，他的終於指尖拂過琴弦，第一聲低沉如水波，微微的劃過海面，接著驟雨疾風，快速的打擊起來，能精通音律至此，將琴弦與指尖同心，天底下也只有為情而苦練琴的鹿角一人了。

琴弦的聲音在風中顫抖，一絲絲撥過的哀戚，都是當年苦戀的痛與恨，最後的尾拍又婉婉轉轉的繚繞回來，只因翠嬛還在記憶中的那一顰一笑。

夾雜著苦痛與歡愉，鹿角的琴聲能夠打動天底下最寡情的人，他的手指捻在弦上一壓一放，胸口起伏在鹿角琴上，興之所至，配著琴音引吭高歌了起來，

鹿角的琴音穿過了窗沿，透過了牆紙，那夾雜在音律當中的柔軟情感，悄悄鑽入了人的心裡，讓夜夢中的凡人，在夢境當中悄然落淚，轉身偎入另一人的頸間，在夢中相擁。

他的琴音並不躁進，圓了在人世中堆積而成，那一個又一個破碎的噩夢，他讓苦痛化成了美滿，在夢境中穿梭，安撫著孤寂的人們。

人們……其實很孤寂啊。

因為不明瞭輪迴大道，因為祈求神明能夠回應他們，所以感到孤寂又困惑，從出生就背負著困惑的未解，直到死亡都未能解脫。

害怕著年華老去、害怕著死去的那一刻，總是遙遠的呼喊著神靈，害怕自己背負了各種的罪孽，害怕前世的過錯，總是戒慎恐懼，這種徬徨的情感，幾乎連鹿角都為之動容。

他曾經嘗試回應，所以才遇見翠嬛。

鹿角閉上了眼，手上的琴音趨緩，今天只是第一夜，還有的是時間，他與翠嬛的相遇過程，還有大把的夜可以好好的彈出一曲。

不用心急、不用心急，他很久沒有想起翠嬛了。

這一次，這人間的東方小島，就是他最好沉溺過往的舞臺，他會從相遇的時候慢慢彈起，直到最難以回想的終曲時分，他都將撥完最後一個悲痛的音色。

所以來吧？

告訴我，你有多少不解與煩悶，終將曲終人散，你的憂思也能化成明月片片，跟著我的淚一起墜入湖底。

鹿角撥動了琴弦，人間的情感也隨之震盪。

今夜，請聽鹿角一曲。

鹿角於人間連奏七日，以琴聲安撫了擾攘不安的人間，以琴力清除了雲娘心底的情感，他日日夜夜毫不停歇，於過往的回憶片段中間穿梭，他歌至興起，落下淚來，他彈至落寞，一人撥弦。

此曲雖名為〈鎮魂曲〉，卻不是一首固定旋律的曲子，一切端看鹿角的心念，從一起頭的音調，到後頭的終曲，就是一段漫長的旅程，他於七日間，掏盡了所有內心的情感，妖力也隨之散去，身後的棺木上纏繞的魔氣終於逐漸消散。

他彈至最後一個樂章的時候，已經幾乎搖搖欲墜，他白著一張臉，衣衫凌亂，他撥下最後一段，曲終人散，他的曲子即將到頭，雲娘心底的情感也即將散去。

他閉上了眼睛，不忍再看。

身後棺木裡的雲娘卻睜開了眼睛，茫然的看著四周一片黑暗。

妳，捨得嗎？

女子的聲音在雲娘耳邊響起。

是妳，妳是魔。

雲娘回答。

我是魔，也是妳。

女子應聲。

……妳想做什麼？

問問妳自己想做什麼？妳真捨得這千年的追尋？

閻王說我還能保有自己的記憶。

沒了情感，這些記憶只是空白一片，妳連他的臉都想不起來。

他是誰？

妳知道他是誰。

我……只能捨得。

妳有選擇。跟我在一起，我應妳們的願望而誕生，我可以圓了妳的願望。

可魔一出世，天下皆災。

這是閻王親口說的。

這一切端看妳的心願，魔本就順應人心而生，妳要毀了世間我也能慷慨應允，但妳只有一個心願。

我的心願是什麼？

跟他在一起，永遠不孤寂。

棺木在空中迸裂，炸起了驚天巨響，鹿角驚詫的回頭，四方判官圍了，身在陰間的閻王深深嘆息。

雲娘從棺木中走出，臉上滾著淚，她向水煙伸出手，「我不想忘了你。」

水煙的心幾乎碎了，身旁的判官卻早一步攔著他。

芙蓉一咬牙，往前一躍，停在雲娘的面前，「妹子，回頭吧，現在妳還有回頭的機會。」

雲娘搖頭，臉上的淚不斷滴落，她終於懂了吳緘音當時所說的話了，「來不及了，真的來不及了。我們合而為一，不可能分開了。」

她往前跨一步，她的心中終究動搖了。「讓我走。我一輩子守著魔過。」還有她與水煙的記憶，這千年來，她花費了多少力氣，才描繪出他的容貌，她不能忘，她不能看著水煙，心中毫無感覺。

她光是想，她都害怕。

芙蓉張開了手，「不可能。妹子，我們不可能賭這個可能，妳不能走。」

雲娘哭著，揚起了手上的藤蔓，她墨綠色的枝枒竄出，上頭竟然纏繞著紫色的花朵，那是魔氣，也是魔的能力。

如手腕大的花朵瞬間綻放，一大片陰官從天空中墜落。

魔，絕不是一介芙蓉花妖可以抗衡的。

「芙蓉！回來！她已經喪失心性，她不再是妳的妹子了，快回來！妳有沒有聽到！」鹿角按著他的琴大聲嘶吼，他連奏七日，再無一絲靈力可以幫助芙蓉，他是私心沒錯，他不要芙蓉為了雲娘去死！

芙蓉沒有說話，她張開嘴，輕吐了一口氣，漫天花海旋轉。

花妖的修煉很難，沒有強烈的慾望，沒有植物妖會自找死路，他們與動物妖不同，動物妖重溫飽，而自然界填飽肚子的第一選項就是要活著。

但植物妖對活著的定義很廣，還有眷族，還有後代，還有一片草葉，就是活著。所以花妖修煉很難，世間沒幾隻花妖致力於修煉，當代東方的兩大花妖，就在這種情況下碰上了。

她們性別相同，為了不同的執著而分別走到今天這裡，卻在這裡終有一人要倒下，雲娘有不得不守護的東西，芙蓉也一樣。

雲娘有魔氣，但她尚且不知道怎麼使用；芙蓉上千年來打遍妖界無敵手，她卻不能與魔抗衡。

她們揚起漫天花海，一招一式都像是一場舞蹈，她們下手狠絕，卻看不見一絲狠戾，只有濃濃的傷心。

雲娘斬落了芙蓉的腦袋，芙蓉的腦袋卻轉眼化成碩大的芙蓉花朵，碎成了片片；芙蓉割斷了雲娘的雙手，落葉紛紛。

她們的本體都不在這裡，但她們彼此削落，耗去對方的修行與凝出來的軀體。淚跟血，還有無數的花海，灑落了大地。

很美，真的很美，所有還醒著的陰官幾乎都看呆了。

雲娘與芙蓉都落下淚來，她們相對著彼此的容顏哭泣，她們都有不得不讓步的理由，但是現實殘忍，令人心痛，她們同時咬住下唇，一切即將結束。

兩道麗人身影交錯，芙蓉輸了，她敵不過魔氣的源源不絕，雲娘攔腰抱住她，悲鳴一聲，手上的藤蔓即將穿心而過。

此時，一聲琴聲尖銳的響起，鹿角一揮手，鹿角琴上頓時斷了一整排的弦，聲音停滯，雲娘與芙蓉在虛空中頓時被凝住，只有短短半刻鐘，她們兩個的時間停在此刻。

這是鹿角的絕活，一生只能施展一次，代價是他的鹿角琴，還有千年妖身。逆天，必定要遭受劇烈的懲罰。

鹿角吐了一口鮮血，向後倒下。

水煙往上飛起，彎著唇角，慢慢地靠近雲娘，他抱過雲娘手裡的芙蓉，往下一放，讓陰官接走了，他輕輕開口，「對不起，真是對不起。」

他低頭抱住雲娘，把雲娘的下巴靠在自己的肩上，雲娘的淚無聲的淌著，他心如刀割，他像是哄著幼童一樣，一下下的拍拂，「是我的錯，我的小花兒，我怎麼能讓我的小花兒受這麼多苦。」

他們倆在高空中相擁，緩緩搖晃。水煙在雲娘耳邊說著只有她能聽見的話。

「所以到此為止吧，因為我而起的事情，就讓我來結束。」

水煙攤開了手心，流轉著五色光芒的五色鳥緩緩浮出，大放異彩，清亮的啼叫，水煙沒有任何猶豫，將五色鳥擺在自己的心窩前。

他是陰間陰官，身屬陰職，只有珥蛇相贈的五色鳥，能夠終結這一切。

他自始至終都沒有勇氣說出真心話，但是只要這樣看著雲娘，他就覺得沒有什麼好畏懼的了，因為她而活過這千年，十分、十分的值得。

他，終於學會愛人。

他，將手心合攏，五色鳥的光芒炸開，在天地之間形成絢爛的光芒，水煙的魂魄碎裂開來。

下一刻，鹿角的法力失效，雲娘愣愣看著自己胸前的水煙，慢慢地、慢慢地消散。

她尖叫了起來，撕心裂肺的尖叫，以一個女子最情長的苦痛放聲。

救他，求求妳，救他。

雲娘呼喚著胸膛裡的魔，她為了水煙而守候的情感，此刻就像是嘲笑自己一般，她要留下這些情感，不是一輩子痛苦啊！

……為什麼妳們都一樣？明明怨恨，卻仍然愛著。

魔嘆息，那些午夜夢迴想殺死身旁男人的女子，也是這樣的心情，她們用盡了全力怨恨，卻又心甘情願的在自己丈夫身上年華老去，她不懂，她真的不懂。

因為我愛他。

是。

這是妳的心願嗎？

如妳所願。

事情就這樣結束了，結束在眾人意想不到的地方。

天界指派的使者終於抵達，了解了一下狀況，帶著閻王挑燈寫了幾個晚上的卷宗回去；人間小島散去了所有的魔氣，鹿角的琴聲很成功的安撫了所有島民以及各界眾生那焦躁不安的情緒，萬物又沉靜下來，一切終於結束了。

那一天，後來到底發生了什麼事情？

當水煙自爆時，底下的陰官都哭成了一片，閻王沒好氣的別過臉，他底下到底都是一些什麼樣的人，都當了這麼多年的陰官、判官了，還看不透生死？

但他還是終於鬆了一口氣，他抹了抹眼眶，大力擤了一聲鼻涕，往後仰躺在他的閻王座上，長長嘆一口氣，終於一切都結束了。

他支著下巴，凌亂的髮絲從額上掉落，他閉上了眼，微微發起了鼾聲。

魔，其實就是人心中的慾望，人心的慾望無窮無盡，這也是為什麼每次有魔降世，都能引起人間巨大劫難的原因。

但是這一次，雲娘最後的慾望很純粹，幾乎找不到一絲雜質，她只有一個念頭，只想水煙好好的，快快樂樂地當他的陰官，不要散成片片、不要死、不要不見……

她什麼都不要了，就算自己看著水煙的臉孔再也沒有任何的感覺又怎麼樣？

只要水煙好好的，那就好了。

她的心願只有這一個。

而魔，應允了雲娘的慾望，她在嘆息聲中慨然應允。

所以水煙沒事，他散成碎片的魂體在時光中倒流，拼湊回他原本的模樣，他重新睜開眼睛，他不知所措的摸著自己的臉，現在是怎麼回事？還有比陰間更遙遠的地方嗎？

他不明所以，他身旁的雲娘卻放聲大哭，底下的陰官同聲一哭，連京玉都紅了眼眶，苦笑著搖頭。

而魔就這樣消散了，消散於無形當中，她完成了雲娘的心願，耗盡了所有的魔氣讓水煙重生，一切到了盡頭，她走了，等待下一次的時機到來。

所有人都平安，陰差們互相拍拍彼此的肩膀，他們抱著必死的覺悟，卻僥倖度過，他們以為自己跨越了生死，卻不知道沒有人可以真正看透生死。

結局很圓滿，但是該給的代價還是得給，鹿角和芙蓉終於攜手回到了妖界，但鹿角卻失去了他的鹿角琴，還散去了所有修為。

芙蓉親眼看著，看著她孺慕一生的鹿角大哥緩緩散形，最後成了一隻公鹿，頂著一頭長角，揪著雙眸看著她。

「鹿角大哥……」芙蓉心驚，只能喃喃唸著。她張開雙手，她要帶鹿角回自己在妖界的家，她會好好照顧他，直到他重回妖身，她有很多的時間可以等著，她可以守護著他，就像她守護妖界一樣。

但鹿角撤開蹄子，什麼話都沒說，當然他現在什麼都不會說了。但他竟往外奔去，頭也不回的，看都不看一眼芙蓉，再也沒回來。

芙蓉愣在原地半晌，鹿角一定知道她是誰，他散去了修為，可沒撞壞了腦袋，但是他眼裡決絕，意思要芙蓉千萬別跟來。

「這是你的決定嗎……」那一天，芙蓉在草原邊上站了一日一夜直到天亮。

鹿角心高氣傲，自己去尋必定能成，但是她流淚，為了鹿角的決定。

「我尊重大哥的決定，但大哥也要尊重小妹的決定。」在晨曦的微光下，芙蓉終於笑了，一身的紅豔在風中飄盪，像是一團燃燒的火焰，靜止在風中，她拭去眼角邊的淚，對著一望無際的草原大喊，「我給你百年，百年你不回來見我，就不要怪我把你逮回來了。」

芙蓉抬起腳堅決地走了，淚灑在風中，這一夜，對她來說好漫長。

而雲娘則被再度打進陰間大牢裡，她雖沒有對人間造成實質的危害，但她放任自己的心與魔共同沉淪是事實，她打傷了芙蓉也是事實。

她被罰千年，剝去自由，只能在咫尺的空間裡生活。

水煙常常來看她，他們一起度過了很長的一段時間。但從那一天之後，他們卻隻字不提彼此的情感，就像是從未發生過一樣，明明兩個人都將對方擺在心中最重要的位置，但兩人卻從未提起。

他們偶爾會談論到芙蓉跟鹿角，還有吳緘音的事情，甚至是陳刑警滿街跑的找他們的趣事，畢竟陳刑警可不知道當時到底發生了什麼事情，他連自己為什麼射殺吳緘音都不知道，氣得他將破案勳章都給摔了。

但是他們就是不提，不提雲娘為什麼最後寧願死都不願意洗去情感，不提水煙自爆是為了什麼，不提那一個時間短暫卻情深意長的擁抱。

旁邊的人一開始很急，包含閻王都摻和進來，打賭他們兩個人什麼時候才要開誠布公，什麼時候才要承認彼此不只是好朋友。

但好戲不能拖棚，這種扭捏的劇碼更不行，眾人很快就失去興趣了，但是賭盤的期限即將到來，分不出勝負大家都不甘願，閻王可還盼著京玉幫他多看幾份卷宗呢。

但是這兩個人日日不分離，乾柴烈火的戲碼就不能生效，閻王看著京玉，兩個人笑得很奸巧，他們想到好辦法了，雲娘是花妖，仔細算起來應該隸屬於妖界，沒道理一直關在陰間，他們陰間又不是收容所。

這都關了數十年，犯人也該挪窩了。

他們派人去了妖界，芙蓉現在是妖界的主管理者了，閻王的使者與芙蓉竊竊私語了一番，她大筆一揮，慷慨的回了一封信。

上頭只有幾個大字。

行，等我消息。

閻王收到回信，笑得沾沾自喜。

過幾天，水煙陪著雲娘在地牢裡，兩人隔著欄杆喝茶時，有人來了。

這人也不是別人，就是花妖芙蓉，她一路走進來，粉色的花瓣也撒了一路，無風自動，香得水煙直打噴嚏。

「芙蓉姐。」雲娘激動了。

芙蓉笑吟吟的點頭，她這數十年來，都不曾來見過雲娘一面，她心底不是不怨，她還沒有那麼大度，鹿角仍然不知所蹤，能不能修成鹿妖更是未知數。

但是她想了數十年，也該想通透了。

這不是雲娘的錯，換成是她，洗盡一切的情感，比剝奪記憶還要殘忍，你不記得心愛的人，但是你對他仍有感覺，比起你記得眼前的人是誰，你卻心如止水，要好上太多了。

所以她來了，她忙於管理妖界，但是她接到閻王的信，仍然來了。

她來看自己的妹子這些年過得好不好，她站在雲娘面前，笑得雲淡風輕，數十年了，一切都該放下了。

「妹子。回家吧。」

芙蓉輕輕開口，雲娘瞪大了眼睛，「回家?雲娘可曾有家?」

「有的。」芙蓉點頭，「所有的妖民，不管誕生於何處，你們都有家，妖界就是你們永遠的家。」

雲娘淚盈於睫，她對鹿角的事情萬分抱歉，要不是她，鹿角也不至於一切重來。但是芙蓉原諒她了，芙蓉說，妖界是自己的家。

「好……」雲娘終於點下了頭，放下長久以來對於芙蓉的歉疚。

「走吧。」芙蓉打開了地牢的大門，牽著雲娘的手，回家了。

她們很快地走了，地牢空蕩蕩的，有一團黑影蹲在角落，臉上一陣孤寂。

什麼嘛，就這樣走了？他的小花兒，他細心哄著，連一點唐突話都不敢說的小花兒，就這樣被帶走了。

「你在這裡幹嘛？」突然，身旁一道聲音響起。

水煙一轉頭，京玉陪著自己蹲在牆角，水煙不感興趣，他專注地看著黑色的石板地開口，「我在哀悼。」

「哀悼什麼？」

「哀悼我逝去的愛情。」

「……你們是戀人關係？」

水煙瞪他一眼，「你瞎了？」

京玉沒好氣的瞪回去，「我想全陰間的人都瞎了。」

水煙不理會他，拔了一根牆角的草，在地板上畫著，「反正我的小花兒不要我了。」

「她有說？」這可奇了，明明沒看到他們有說上一句話。京玉暗自心想。

「不用說。」水煙意興闌珊。

京玉要很用力才能忍住爆打一頓水煙的衝動。

好吧，就當成日行一善，更何況全陰間都還看著呢，他可不能輸給閻王，他放軟了聲音，耐心重頭，「雲娘只是回家了，她可沒說不要你。」

「我又進不去妖界，她跟著芙蓉走時，連看一眼我都沒有。」水煙泫然欲泣。

京玉握緊了拳頭，聲音從牙縫裡鑽出來，嗯，有點酸。「好，我們重頭再來一次，你說你們是戀人關係，我想就算要分手，也要說清楚講明白。」

「……當面說的話太殘忍了。」水煙轉過了頭。

我可以讓你知道殘忍這兩字怎麼寫……京玉再深吸一口氣，「或許她在等你。」

「等我？」

「女生總是矜持點。」

「……那也要跟我說再見！」水煙義憤填膺。

「……都說了她在等你追上去了，怎麼會跟你說再見？」京玉想一頭撞死。

他乾脆棄權去幫閻王看卷宗都比較快活，為什麼他要蹲在這跟一個情感低能兒說話呢？想想當時那一幕，水煙毅然決然的自爆，可騙了多少陰差的眼淚啊！

難道這傢伙的身體也比腦子好使？

「她在等我追上去？」水煙傻傻的反問。

「你想想，她找了你多久。但是你呢？你曾經為她付出什麼嗎？」京玉決定使出殺手鐧了，他當水煙的直屬長官這麼多年，可不當假的。

「我什麼都沒有替她做過……」水煙茫然的抬起頭來，眼裡有了惶恐。

「是。所以你現在想清楚了？」

水煙猛地站起來，「我要去找她。我要去妖界，幫我！京玉你有辦法的吧？」他勒住京玉的後頸一踟，京玉一口水沒吞好，嗆得他滿頭滿臉。

「喏。」京玉抹抹臉，為了賭注，他能忍！

他遞出玉牌，「妖界通行令牌，去吧！去帶你的小花兒回來，跟她說，有你的地方就是她的家，你們兩個永遠不分離。」

京玉牌情話免錢大放送，他搓著手，嘿嘿，他要贏了。

「……她會不會不肯跟我回來？」水煙還有一絲猶疑。

「……你去就對了！」

「真能行？」

「我保證。」

「……小花兒妳等我！」水煙狂喊，後頭的京玉乾脆趁勢補上一腳。

京玉這大腳一踢，把水煙踢出了牆角，踢出了陰霾，他害怕付出、害怕愛人，他畏懼自己又替他人而活，他守著自己的心，他用過分開朗的外表偽裝自己，他就算誠實面對過自己，卻只是曇花一現。

但他今天終於走出地牢，走出這一個關著雲娘也關著他的地牢。

他的追妻之路還很漫長，他還會讓芙蓉耍著玩，但是他迫不及待的撒開腳跑，他手裡拽著玉牌，死緊的拽著，他不斷往前跑，他終於有了一個可以為對方而活的人。

——全文完

番外　曲終未散之一・初回妖界

妖界的生活很清閒，雲娘雖然以囚犯的身分來到妖界，但是芙蓉並沒有這樣看待她，她帶著雲娘回到妖界的宮殿，她身為妖界的管理者，她與妖王都住在這裡，曾經，還有鹿角。

雲娘從人間誕生，又在陰間大牢走了兩回，第一次來到妖界，心中唯一的感想就是，妖界真的是仙境。

她還沒上過天界，不過妖界對一個植物妖來說，就像一滴清晨的露水，那樣的清新自然，在妖界廣大的土地上行走時，隨時都能夠感受到初始妖靈的呼喚，蓬勃的生命力，以及新生的希望。

芙蓉不只教她爭鬥手段，更教她煉丹。

這是一門很需要耐性的手藝，搜集了千百種需要的天材地寶，死死守著丹爐一大段日子，開爐之後，卻又不一定得到想要的成果，從外圍直到內鍋，都可能是一次次碰運氣的機會。

落空，也是偶有的事情。而芙蓉煉的丹落空的機率很高。

「我懶囉……要有海龍角，還要白羊皮，上一次的丹方還說什麼貔貅血。」芙蓉洋洋灑灑說了一大串，最後下了個結論，「等我蒐集完，我都老了。不如別煉，再說替代材料，也不是真那麼難尋。」

雲娘點頭淡笑，「芙蓉姐說的是，這次不成，下次再煉。」手下不停，又替她們眼前丹爐加了一絲火力。

看著芙蓉煉了幾次，她才知道，其實不是芙蓉嬌懶，而是不喜殺生，沒有什麼要緊的丹藥，非得需要從別人的血肉中滋生的。

雖然開爐時落空的機率比別人高了些，不過那又怎麼樣呢？

最珍貴的天材地寶通常都有靈氣，芙蓉只用些普通的藥材，偶爾真尋不著，全都大雜燴的丟下去胡搞一番，也有意外的驚喜。

就像這一瓶，雲娘百思不得其解，功用到底是什麼。

「芙蓉姐，這個縮骨凝神丹，用處是什麼？」

一罐粉紅色的小瓶子，上面塞著軟塞，被芙蓉特意用靈氣刻上了龍飛鳳舞的大字：「縮骨凝神」，雲娘從自己第一天進煉丹房起，就好奇此丹的作用很久了。

芙蓉托著腮，百無聊賴的側耳聽著丹爐內的動靜，她正在傾聽著丹藥的翻滾聲音，這些都是火力控制的線索，也是開爐時機的判斷。

早了，火候不成。

晚了，丹藥已死。

她聽了老半天，還是沒什麼變化，慵懶的坐回一旁的椅子上，連雙腳都踩上了椅子，雙手環抱著自己的膝蓋，才想起剛才雲娘的問題。

「哦，那是某次意外煉出來的，可好玩著呢！」她饒有興致的指著。

「好玩？怎麼說？」雲娘又晃了晃丹藥瓶。

實在想像不出為什麼芙蓉會給此丹這樣的評價。丹藥的功能不脫幾個範圍，這幾天芙蓉都給她講過了。

除了最基本的下毒、醫治以外，還有增進靈力、修為，滋補之類的功效，偶爾可以救急一下，補充點靈力，激發個人淺能等等，不過也就這樣罷了。

丹藥並不是跟凡人想像中仙丹一樣，無所不能的。

看著雲娘大惑不解的樣子，芙蓉笑嘻嘻的站起來，倒開了藥瓶子，示意雲娘跟她一人一顆，吞嚥到喉裡。

「嗯……甜甜的。」雲娘口中這顆，一吞進喉內，頓時口涎生香，一股微甜的汁液滑入她腹內，一陣冰涼。

她又用舌頭彈了幾下牙根，「不過好像沒什麼特別感覺。」

這時芙蓉卻似笑非笑的看著她，雲娘還來不及弄清楚發生了什麼事情……

一瞬間，忽然天旋地轉，雲娘仰頭一看，勉強穩住身子，卻發現自己與芙蓉逐漸縮小，小得只剩下一根拇指大，身上的衣物也隨之縮小，兩人站在地上，周圍的景色非常巨大。

「這、這是怎麼回事？」一臉驚嚇的雲娘，立刻逗笑了芙蓉。

「來，用感知體會，這顆縮骨凝神丹是教學丹，讓妳啊能多學一樣術法防身！」她又側著頭笑，「不過遇到真正厲害的傢伙時，這招也不一定有用啦，反正多學沒壞處。」

雲娘乖巧的按照芙蓉的指示，原地盤腿坐下，靜靜感受這股縮骨凝神的奇異之處，只是感受了大半天，還是不明瞭芙蓉的意思，只能困惑的看著芙蓉求救。

最好芙蓉只好笑著搖搖頭，「走吧！我帶妳用這小小的形體，在妖界繞一圈遊玩，學得會就成，學不會也無所謂。」

她牽起了雲娘的手，說了便做，兩人御風而起，小小的身影，宛若花仙子一般，從窗子飛出，翱翔在妖界的草原上。

她們落入了花瓣中的萼心，一同沾染著花粉，兩人互相打鬧，弄得一身豔紅，由東邊花叢飛入西邊枝葉，引起了花海們的騷動，接引她們葉面上彈跳著，恣意的玩樂。

在草原上打滾一番，芙蓉又抓起雲娘的手，朝向碧藍的天空飛去，飛到鳥兒身上，央求對方載她們一程，在鳥兒柔軟的頸毛之間，雲娘笑得開懷，第一次忘情大笑，雙臉撲紅。

徜徉在雲海內，身下的鳥兒正平穩的飛翔，雲娘笑得累了，頭靠在芙蓉的肩上，「姐姐，妖界真的很美。」

她放鬆了下來，過往的回憶竟像流水一樣稀哩嘩啦的流過。

芙蓉憐惜的摸了摸雲娘的頭，可憐這一個花妖了，竟然不明不白與人締結契約，最後無故漫遊人間至今，也不懂得要尋一個同伴。「這裡是妳永遠的家，千年的刑期到頭之前，我不能還妳自由，但妳安心在這住下來，一切有姐姐。」

「……嗯，謝謝姐姐。」雲娘輕輕點頭，卻想起了一個人。

「來吧！還有更多的美景等著妳呢！」芙蓉輕笑，又何嘗不知道雲娘心中所想，但這就是她與閻王要的，推他們一把。

這時，她們雙手鬆開了鳥兒的頸毛，還想再飛到他處，卻正巧看見底下那縮得極小的大地，饒是雲娘眼力好，竟讓她看見了。妖王的宮殿外頭站著兩個人，正彼此拉扯著，這兩人的面容還真眼熟……

「那是水煙大人！」一旁的雲娘忽然高聲叫了起來，探頭望向地面，就一股腦的跳了下去，芙蓉無奈，拍拍身下的鳥兒，也隨之往下一躍。

喔對了，自從平安脫離魔之後，雲娘染上個惡趣味，面對水煙，比當時初逢的時候生疏，三不五時喜歡自稱「妾身」、對水煙稱呼「大人」，看著水煙因為客套的稱呼，而急得跳腳。

雲娘急急飛向水煙，卻忘記自個還沒變回來，小拇指般的形體大小，在水煙跟京玉中間來回飛著，竟然被當成蚊蟲一般，隨意揮到他處。

她一急，眼見京玉扯著水煙的領口，威脅道，「你再不走，我們值班的時間都要過了，上頭罰下來，我可擔保不了你！」

他讓水煙拖著來這妖界一趟，千趕萬趕的終於來到妖王這華美的宮殿外頭，卻沒想到妖王的守衛來報，說是芙蓉不在，要他們改日再來。

「你讓我來找她，卻趕著我走？」水煙焦慮的四處張望。

「我讓你來，可不是要你在這待上十天半個月，我們都來大半天了，」

「怎麼就這麼剛好……」水煙垂頭喪氣。

「改天再來唄。」京玉拍拍他的肩頭，「這雲娘可是妖界與地府的共同囚犯，跑得了和尚跑不了廟，你不用著急。」

「你這比喻還真奇怪，她是和尚那我是什麼？」水煙瞪他一眼，也只能垂著頭，他一腔熱血，卻見不到心中那朝思暮想的小花兒，他又瞪了京玉一眼，準備打道回地府。

一旁上竄下跳的雲娘雖引不起水煙注意，卻將他們倆的話聽得一清二楚。

她看著水煙邁開步伐，即將要走，心裡也急了，一惱之下，周身氣脈上升，靈氣鑽破穴道，一瞬間倒是變回原來模樣，橫插在水煙與京玉之中，嚇得他倆雙雙倒退一大步。

「大人你怎麼在這？」、「妳怎麼在這？」兩人異口同聲的喊出一句話，讓一旁的京玉與芙蓉頓時失笑，京玉笑著兩個傢伙太有默契，芙蓉笑雲娘竟然一見水煙，就學會了縮骨凝神之術！

雲娘臉上一紅，這才想起來自己姑娘家的矜持，連忙退到芙蓉身邊，吶吶的分辯，「我在這很久了，是你們兩個吵得凶，才沒看到我。」

水煙也傻乎乎的一笑，看著雲娘好半晌沒開口，看得雲娘都羞紅了臉，不知道為什麼，一見到雲娘，這連日以來，看不見她的焦躁不安，還有那打從骨子裡滲出來的傷心，全都化成一股輕煙，飄上天，不見了。

他搔搔頭，半埋怨半責怪的說，「怎麼妳來妖界玩，也不跟我說一聲呢！」

一旁的芙蓉頓時大笑，「我帶她走的時候，你不是在旁邊嗎？你也不曉得問上一句，現在才在怪罪我們家妹子？」她對著雲娘眨眨眼，讓雲娘一時之間，不知道怎麼接過水煙的話。

「妾身以為……」雲娘踟躕再三，終究沒有把話說完。

水煙嘆一口氣，往前一站，伸出手又放下來，「唉，沒事了，妳在這裡好嗎？」

雲娘笑了，「很好，妖界很美，我帶大人四處走走逛逛，妾身不能離開宮殿，芙蓉姐說妾身得在這裡度過剩下的刑期，但是妾身還是能帶大人四處繞繞。」

水煙放下心來，「下次吧！今天我們得回去值班了，過兩天我來找妳，找妳喝杯茶，哪都不用去，妳泡茶給我喝就行了。」

一旁京玉的立刻翻翻白眼，最近陰間的工作忙得不可開交，閻王丟下來的，那些關於魔的檢討報告還有一大疊，他可還指望著水煙呢！

他掏出懷裡的小鐘，看看時間，乾脆拽住水煙的領口，往後拖走，「行了行了，這面也見到了，我們快回去當班吧！要遲了！」

京玉回頭跟芙蓉眨了一下眼，壞笑的遠走了，他們要橫插一手，可不能讓這水煙太過得意，陰間與妖界說遠不遠，說近也不近，不能日日見面，想必他們才能更明瞭自己的心意。

水煙一路被拖著走，只能遠遠的揮幾下手，瞅著雲娘的臉，兩人離開了宮殿的大門，趕緊返回陰間了。

這短暫的會面，讓雲娘一時也手足無措，竟然就眼睜睜看著水煙被京玉拽走，什麼也來不及說，等她回過神來之後，才沒落的站在門口，看著兩人離去的遠方。

芙蓉嘆一口氣，牽著雲娘往自己的樓閣走去，她看著雲娘若有所思的樣子，她是贊同他們的，才會幫著拆散這對說不出自己心意的小情侶，但是如果可以的話，芙蓉多希望雲娘可以找到一個更好的伴侶。

她推開後廚院落的木門，輕手輕腳的走進去，揮揮手讓廚娘下去了，外邊雲娘還兀自站在屋簷下發愣，妖界的晚霞很美，就讓雲娘多看一會吧，只是不知道她看得是霞彩，還是那人啊！

夜色緩緩降臨，後廚房屋內的爐火被燃起，形成了燦亮的光亮，妖怪雖然不用一日三餐，但芙蓉倒是喜歡做些菜色來賞玩，也順便填填肚子。

她心想，自己與雲娘相聚的時間不知道還有多少，趁自己還得閒的時候，做點菜讓妹子吃吃吧！

打定主意的芙蓉，碗起袖子來，準備大顯身手。

只是今天晚上要做什麼好呢？

啊！就來一道白玉豆腐佐煙花吧！

芙蓉掩著嘴笑，這滋味要清淡中有濃稠，濃稠中帶點柔軟，最好入口即化，讓人打著舌尖花回味不已，就像是思念的味道……

水煙拿了京玉給的玉牌，真的就這樣來往於妖界跟陰間，也虧得他勤奮，只要他沒當差的時候，就準時上妖界去報到，最後連芙蓉也對他的值勤表一清二楚，連他什麼時候會出現，掐指一算都能知曉。

你看，這不又來了嗎？

芙蓉垮下臉，實在受不了這兩隻。

她的樓閣不高，是棟兩層的別院，就位在妖王宮殿的右側，是當初鹿角特意為她所建。最上層還有個小臺子，能讓芙蓉專心養花蒔草，這裡的花草都是芙蓉從三界六道中特意帶回來的，有些是珍稀難見，有些是獨苗難活，都讓芙蓉蒐集之後，種成了初始花精。

結果水煙每次上她這裡，就是跟雲娘在小臺子喝那一壺茶，兩人對坐半天，說的話十句不足，就是聊聊天氣跟茶好不好喝。

你娘的妖界四季晴朗無雲，而且明明天天泡的都是同一種茶！

……這兩人是沒別的話題了嗎？

芙蓉氣呼呼的關了窗，她手裡需要處理的事情堆積如山，妖王老早就撒手不管，妖界才會需要管理者來代勞，她低下頭翻開卷宗，不再去看上頭那兩人的動靜了，這兩人天生少了根筋，越看只會越氣煞自己而已。

她的指尖劃過卷宗的邊緣，起了一點毛邊，她嘆一口氣，鹿角如果還在的話，那可有多好……

「我這陣子要忙碌一些，閻王點我去學那鎮魂使者的術法，不一定能成，我盡量不成……」

水煙拿著茶杯，跟雲娘對坐兩邊，看著茶杯中晃樣的茶色，笑著開口。

雲娘如願被他逗笑了，「成就成，不成就不成，哪有什麼盡量不成的？」

她又斟了一杯，「大人你不是很希望能留在陰間，如果能當上鎮魂使者，那自是最好的，畢竟鎮魂使者對陰間很重要。可以長保大人千秋萬歲平平安安。」

「……也不是這麼說，鎮魂使者很忙的，光是修習那些術法，就得日日上閻王特意請的師父那報到。」

水煙低下頭，滾燙的茶水冒著熱氣，不知道是不是茶的緣故，待在雲娘身邊總感到舒緩，彷彿身心的情緒都安寧了下來，像是杯中的這一片茶葉一樣，熨燙的躺在熱水中舒展自己。

「聽起來是有些勞累……」雲娘皺起了眉，替水煙擔心。

「我也不是怕累，只是妖界離陰間實在遙遠，就算有了玉牌，我如果成了鎮魂使者，就怕不能天天上妳這了……」

水煙的聲音壓得很低，幾乎細不可聞，饒是雲娘耳力好，周邊的花靈又幫著聽，才模模糊糊聽了個大概，她搖著頭笑，「沒關係的，大人你不用日日來，妾身是囚犯，雖然芙蓉姐待妾身很好，但妾身終究不能離開這宮殿，大人你來，也無趣……」

水煙傻乎乎地笑了，「怎麼會，能見著妳就不無趣。」

雲娘低下頭，臉上嫣紅一片，「是嗎？」

兩人飛快的看了對方一眼，又趕緊撇開頭，各自欣喜的一笑，又轉頭看著妖界絢爛無比的黃昏，暮陽緩緩西沉，落入山頭，晚霞像是天仙的彩帶一般，飄逸過了山頭，散在如同汪洋一樣大的湖面上。

「好美……」好半晌，雲娘才開口，感嘆著。

「是啊，真的好美。」水煙附和著，又偷偷覷了雲娘的臉一眼，不知道自己剛剛的話，是否唐突了？但佳人陪伴在身旁，眼前景色是什麼，都只是多增添一點佳人鬢角邊的嫣紅，化為墜入夢裡的那絲回憶。

水煙很努力了。

他很努力不被閻王聘請來的樂師注意到。

鹿角散去了千年修為跟一把鹿角琴，這件事情讓閻王相當警惕，他的任期還沒到盡頭，要是人間又有魔降世那該怎麼辦？他得上哪去找一個能以樂音驅除魔氣的傢伙？

雖然驅除魔氣也不是只有這一種方法，不過眼下閻王是矯枉過正了。

所以他聘請了長居地府的樂師，歷代有名的樂師，只要還沒投胎的，通通讓他招攬了，他還從陰官中遴選出適合的對象，塞到了樂師跟前，閻王要訓練出一批自己的驅魔大隊。

水煙對於樂音超乎他自己想像的有天分，但是最初的興頭過去了，他開始覺得不耐，這件事情大大耽擱了他前往妖界的時間，閻王發話了，該當差的還是得當差，不然就不准擅離陰間。

水煙扁著眼看著堂上的閻王，他知道，閻王是針對他的。

在閻王跟京玉的賭注中，閻王可是不看好自己。

他學得很差，差到樂音師傅好幾次把他趕出去，讓他面壁思過，他的技巧生澀、又不勤奮練習，他幾乎只吹得出噪音來，但是他很有天分，水煙的樂音有情，甚至有一些婉轉的溫柔，他是整批陰官裡面最有希望的。

樂音師傅嘆一口氣，只能繼續教下去了。

今天水煙又抽空來了妖界，芙蓉已經不想管了，他比自己這個牢頭還要關心囚犯，自己還能說什麼呢？她癱在自己的躺椅上，看著上頭的白雲飄過，昏昏欲睡，今天是她的休沐日，難得她能夠這樣賴在這裡，什麼都不想。

除了，鹿角。

她忿忿地閉上眼睛，天臺上的那一對還在閒聊什麼路上的人潮跟兩邊的旗幟，還有鑼鼓喧天的隊伍……，真是的，就沒別的好說了嗎？

等等！路上的人潮跟兩邊的旗幟還有鑼鼓喧天的隊伍？芙蓉猛的跳了起來，她竟然忘了今天是什麼日子，該死的鹿角！不對該死的自己！她幾個箭步，躍上了天臺，嚇了水煙一跳。

「妳幹什麼？家裡有門有梯不走，非得爬牆？」

「爬你個頭！」芙蓉怒瞪水煙一眼，「該死了！我竟然忘記了今天是什麼日子！」

「什麼？跟底下那些有關嗎？」水煙指指遠處，那些逐漸聚集在宮殿大門前的人潮。

「沒時間說廢話了！我們快逃！」芙蓉說得話沒頭沒尾。拉著雲娘的手就往外奔，可憐水煙就算是一介陰官，也只能死命鼓動自身少得可憐的靈氣，追著兩大花妖往外跑！

但他們一躍過宮殿的上方塔樓時，底下的鼓聲卻整齊的敲響了第一下，芙蓉頓時面如死灰，她抓住雲娘的手，隨便揀了個方向，躍下了酒樓外的臺子，鑽進了看熱鬧的人群之中，還隨便抓起了桌子的鍋蓋，遮住自己的臉。

「快快快！快躲好！」芙蓉急得團團轉，「啊不對！你們兩個不用躲，他也不認得你們，我躲就好、我躲就好！」

雲娘跟水煙都沒看過芙蓉如此花容失色的模樣，彷彿即將有大難追來，他們乾脆齊齊蹲下，在人牆後頭陪著芙蓉蹲在桌腳。

「妳到底在躲什麼？」、「芙蓉姐……」

「噓噓噓！不要叫我！」芙蓉頭上頂著鍋蓋，摀住了雲娘的嘴，過了幾秒，發現周圍沒有任何妖民注意到他們，才悠悠嘆了口氣，「今天是妖王生日……」

「妖王生日？」水煙一聽來了興趣，一甩扇，「那妳還不帶我們去見見妖王，讓我們長長見識？」

芙蓉縮了一下，「長見識？那傢伙是個瘋子，徹頭徹尾的瘋子，他一年到頭清醒的時間沒幾天，就今天會出來顯擺一番，你們可知道他待會顯擺完了要做什麼？」

芙蓉沉痛的指控著，「他會把所有宮殿裡看得到的東西，都浸到酒桶裡頭！」

「浸到酒桶裡……包括妳嗎？」水煙不敢置信，他腦中浮現出芙蓉倒栽蔥被扔到酒桶裡面的畫面，忍不住吃吃笑了起來。

芙蓉瞪他一眼，「是。今天是妖界的大事，卻是妖王宮殿的災難，除了不能跑的，早都收拾行李走了！都是你們，鬧得我心煩，才害我忘記這麼重要的日子……」芙蓉嘟囔了起來。

在他們交談的時候，酒樓窗邊的妖民忽然沸騰的大喊。「妖王出城了！妖王出城了！」

芙蓉趕緊低下頭，一張小臉躲在鍋蓋底下，不斷低聲喃喃自語，「千萬別發現我啊！今年鹿角不在，我可受不了你那種喝法了，我還想要命呢！」

她永遠忘不了幾年前妖王的壽宴，那一年她才剛接任副管理主的位置，偏偏死命拗著鹿角，說什麼一定要看一次妖王的壽宴，畢竟這可是千載難逢的機會，外界尋常的妖民，可不能隨意參加的！

但那一年，她幾乎喝了這一輩子所能喝到最多的酒了，妖王平日撒手不管妖界的大小事情，他只躲在沒人找得到他的地方，成天喝得醉醺醺的，但那時候的他還算好哄，把他當成妖王宮殿的一個擺飾就行了。

但是……每逢他生日的這一天，可就不是哄哄他就行了。

他會把宮殿中所有能看到的生物，只要是活的，都會灌酒灌到隔天起來想砍了自己的腦，身上的酒氣重到以為自己還浸在酒中。

窗外妖民的聲音一聲大過一聲，妖民們一年到頭，只有今天可以得見妖王一面，他們對妖王的崇拜簡直無堅不摧，他們喊聲震天，妖王終於走出了他的宮殿。

水煙跟雲娘顧不得芙蓉，趕緊攀住窗沿，往王城的方向看。

芙蓉苦笑一聲，這些個傻巴子，就跟自己當年一樣傻。還好自己今年跑得快，她拍拍胸口，又往桌底下縮了一些，臉上披頭散髮，現在可顧不上這麼多了，反正沒人認出自己，她慶幸的低頭，等待妖王的隊伍過去。

雲娘跟水煙看著，王城的大門緩緩敞開，前頭的護衛隊先行散出，深紅色的綢緞往外鋪散，在半空中形成一條長廊。

妖王緩步踏出，所有的妖民同聲尖叫。

他的身形單薄，猶有病氣，雙頰桃紅，雙眼淺藍色，他淡漠地看著所有妖民，他……俊美無比，天上地下都找不到這麼秀氣又俊朗的男子！

「不要被外表騙了。」桌子底下的芙蓉噘嘴，想也知道水煙跟芙蓉心底在想什麼。

妖王一直走到了街道外邊的上方天空，才如夢初醒的瞪大雙眼。

一旁的侍女趕緊拉攏了他胸前的兜帽，並在他耳邊低聲說著什麼，才讓妖王環顧四周，嘴邊微微勾起一個笑容。

這個笑容威力強大，甚至讓日月星辰瞬間黯淡，把妖王宮殿圍繞的左三圈右三圈，那密密麻麻的妖潮全都瘋狂了。

「生辰快樂！」妖民尖叫。

「麻煩大家了。」妖王擺擺手，淺淺的笑了笑。

咚的一聲，人群中有妖民昏倒了，水煙不得不說，妖王真的很好看。他心甘情願的點頭，妖王像是擁有完美無瑕的容顏一樣，天藍色的眼珠子，蒼白的皮膚，還有那淡漠到茫然的神情，以及笑起來的專注模樣。

「真好看……」雲娘輕輕嘆息，水煙還是忍不住吃味了一番。

在妖民的尖叫聲中，妖王四處看了看，低聲與身旁的侍女說了幾句話，似乎聽見了什麼不滿意的答案，他微微皺起了眉，又是好幾聲咚咚咚的倒地聲。

他偏了偏頭，嘟著嘴往四周看了一眼，忽然漾起一個笑容，像是全天地最美好的一個笑容，他抬起腳，往水煙與雲娘所在的酒樓前進。

酒樓樓上的妖民沸騰了，他們尖叫、他們嘶吼，妖王就是他們妖界最美好的象徵，他們不知道妖王天天醉生夢死，他們只知道妖王最好！妖王最好！

芙蓉眼觀鼻、鼻觀心，外界的一切都跟她沒關係，她瞪著自己眼前的一雙鞋子，藍色的鞋子，透著琉璃的光芒。

「芙蓉姐。」妖王蹲了下來，四周的聲音靜悄悄一片，妖民完全不敢置信，妖王就與他們，近在咫尺。酒樓的店主人瞬間落下淚來，他明年可以再開十間分店了。

「芙蓉姐，妳就這麼討厭奇濂嗎？」他眨眨眼睛，四周一片吸氣聲，這對他們的心臟是一個太過嚴苛的考驗了！

芙蓉拿下頭上的鍋蓋，長長的嘆了口氣，「今年放過我行不？奇濂。」

「奇濂想要芙蓉姐晚上陪我過生日……」四周一片咬碎牙齒的聲音。

芙蓉也幾乎咬碎了一排牙齒，她彎腰向前，在妖王耳邊低聲開口，「你這小子，你就想害死我是不是?你以為你這妖族管理者好當嗎我?我不當了我去找鹿角我跟你說!」

「我忽然想蓋個鹿園,芙蓉姐覺得奇凜養幾隻鹿才夠玩呢?」奇凜也低聲回應。

「哼!」芙蓉一甩袖子站了起來,她撥撥臉上頭髮,喝吧!了不起明天起床又是一條好漢,一條不想要腦袋的好漢……

「雲娘!我們走!」她往人群裡喊聲,雲娘立刻往前一步,旁邊的水煙也緊跟一步,但這時奇凜卻幾乎愣住,他臉上那完美的笑容僵住了,他張大眼睛,幾乎不敢置信。

「紅霏!」妖王臉上蒼白一片,神情困惑又哀傷,他伸出手,「紅霏,妳回來我身邊了嗎?」

他一伸手,雲娘跟蹌向前幾步,妖王不再是剛剛那一副溫和的模樣,他身形未改,卻放出了張揚的氣勢,原本柔順的紅色頭髮隨風揚起。

妖王哀戚的嘆氣,「我不敢去尋妳,就是怕妳不記得我,卻沒想到我們終究要見面。」他伸手,攬住雲娘入懷,周圍靜得連一根針掉落的聲音都聽得見。

水煙瞪大眼睛,趕緊往前死命的拉,想拉開妖王的手臂,他可不許任何男性接近自己的小花兒啊!

只是水煙跟妖王的靈力相比,簡直就是螞蟻與大象的對照!

被妖王的護身靈氣所反擊,一骨碌向後摔了兩個跟斗的水煙,只能目瞪口呆的看著妖王,緊緊抓住雲娘的裙襬,臉上滲出了淚,水煙愣愣的心想,現在——到底是什麼狀況?

「妳終於回來了，即使妳已經遺忘了。」妖王哀戚的說著。

水煙張大嘴巴，十分不以為然。

回來個頭？雲娘是他的花，他從她還是那麼小的種子時，就先看到了，還立過契約、澆過水的，先生你不要半路認親好嗎？

「我一直一直都很想妳，我一天都沒忘記過妳。」妖王幾乎落淚。

水煙翻翻白眼，先生你找錯人了，你到底什麼時候才會發現，你口中的紅霏可要傷心了。

「我並不認識你，我們從未見過面。」一直處於被動的雲娘，低下了頭，她溫柔的說著，但還是輕輕推開了妖王，堅定地說著。

她不是人魂，她沒有前世今生，為什麼妖王對她卻彷彿如此熟稔？

甚至，像是他們曾經有過很濃烈的關係？

「我知道，妳必然遺忘了我，所以我從不去尋找妳。」妖王嘆息，

「不，我是花妖。」雲娘搖頭，伸出雙手，捧著妖王的臉頰，「你應該看得出來，我不是凡人，我甚至不是人魂。」

「……我只知道妳是我的霏。我的小孔雀。」妖王很固執的點下了頭，往前一探，啄住了雲娘的唇瓣，四周一陣尖叫。

水煙的臉色也跟著慘白成一片，但他還來不及反應，妖王只一揮手，妖王與雲娘立刻

離開了這裡。

妖王生辰的慶賀大典就這樣戛然停止，只剩下水煙一個人看著空蕩的酒樓發愣，四周人群的嘈雜聲傳進他耳裡，他往前一步，哪裡還有妖王跟雲娘的身影，連芙蓉都不知所蹤了。

番外 曲終未散之二・妖王求親

雲娘覺得這一整件事情，根本莫名其妙。

奇凜帶她回宮之後，還特地以自身的靈力，打造了一條秀氣的頸鍊子，掛在她胸前，對外宣告的意外相當濃厚，打算堂而皇之的告訴大家——她是他的。

鍊子中間的綴飾，跟一片指甲片一般大而已，泛著琉璃的色澤，流轉著紅色的光芒，細看之下是一隻火紅的孔雀。孔雀揚起尾翼的樣子非常美麗，讓人簡直愛不釋手。

看得出來奇凜對他口中的「小孔雀」必定相當用心，才能夠以靈力刻劃出如此細微，又栩栩如生的綴飾。

但是她根本不認識他啊！

不管雲娘怎麼用盡力氣翻找過去漫遊人間的記憶，她還是對奇凜這隻妖王從頭到腳，完全連一丁點記憶都沒有。

奇凜自身的修為相當深厚，憑雲娘的能耐，根本看不穿奇凜的真身為何，更增添了回想起來的難度。

難不成是五百年前被她打進岩石縫裡的那隻？還是被她拔光了羽毛，倒吊在山頭的那隻？她對「妖怪朋友」的回憶，實在都不怎麼友善啊……

雲娘因此而陷入了深深的苦思。

不過奇凜除了昭告天下這個舉動以外，倒是也沒有其他的冒犯之舉，他如此大費周章，自己卻從不曾來到雲娘的面前。

雲娘彷彿換了個牢頭，換了個窩，其餘毫無改變。

雲娘真是百思不得其解，奇凜幾乎可以稱得上以禮相待——特地將她帶回妖王的宮殿裡的內寢宮，雖不讓芙蓉見她，卻也不曾有什麼過分的舉動，她甚至連妖王的臉都沒見著。

雲娘不是沒有想過偷偷離開，她知道芙蓉的樓閣在什麼位置，但是她試了幾次之後，也發現胸前的綴飾，基本上封住了雲娘大部分的靈力，她連想撂倒一個侍女都做不到，更談什麼逃跑。

畢竟侍女們，可是全天跟在她身後。

「我想見妖王，我有話要跟他說，他不能把我關在這裡。我是囚犯，卻不是他奇凜的。」

在雲娘第九百九十次跟身旁的侍女，義正詞嚴的轉達自己的意思時，卻仍然得到敷衍的回答之後——「回霏主子，妖王現在正忙著呢！」

雲娘決定她要生氣了。（她已經懶得去糾正侍女們的稱謂了。）

她小心翼翼的掏出懷中的丹藥瓶，這是她跟芙蓉姐前些日子，煉著玩的「玩具」，其實已經脫離丹藥的範疇了，按照人間的話來說，應該叫做……

火藥丹吧？

她把一顆顆宛如煤渣的火藥丹倒入手心，還先按照芙蓉的吩咐，仔細謹慎的摀著自己的耳朵，揚起了纖纖素手，把火藥丹往王城外的花園一丟。

砰！

天崩地裂的聲音在王城內響起，一陣天搖地動，大大的驚嚇了所有的護衛與侍女，紛紛從宮殿中逃出來，四處奔走，互相探問到底是發生了什麼事情？

雲娘手上的火藥，丟入花園之後，初始並沒有太大的動靜，結果雲娘只再眨一次眼，火藥的威力就炸飛了園內的幾座涼亭，以及本來秀緻無比的湖光山色。

原本精美絕倫的王城庭院，百花繚繞的花園，現在已經成了一片廢墟。

接著她又慢條斯理的繼續端起桌上的茶，姿態優美的啜了一口，她就不相信，妖王的王城讓她這樣胡亂的炸過一次，他還能不為所動。

結果端坐在花園旁的屋簷下老半天，才有一個侍女姍姍來遲的過來。

侍女一福身就張口說，「妖王說您想炸哪就儘管炸，他正打算把宮殿翻修，畢竟為了過些日子的婚宴，也是要好好的整頓一番。」

雲娘的嘴唇微微張開，好半晌才回過神來，重重放下手上的茶杯，她完全不想去探問，這侍女口中那「過些日子的婚宴」，上頭的主角會是誰了！

不過這奇凜真是胡鬧啊！自家的宮殿這麼不珍惜……

只是奇凜雖然表明了不在意，但要性子溫和的雲娘，再丟一次火藥丹，她可還真做不出來。

雲娘擰起了秀眉，心中擔心著人在外頭的水煙。

水煙大人必定急得焦頭爛額，他身上可還背著陰官的職務，千萬不要因為自己，而耽擱了差事。

所以妖王奇凜到底在哪裡呢？

雲娘拉起了裙襬，既然妖王不肯見她，那她就自己去找，這內寢宮雖大，卻也不是一輩子走不完的，她該從什麼地方開始找起好呢？

雲娘無視侍女們焦急的眼神，立意堅決的推開距離自己最近的一扇雕花大門。

很好，不在這。

那就下一扇門吧！

一向溫婉的雲娘，性格卻是相當固執，她用她的方式守護人間千年，就在在說明了，她可不是手無縛雞之力的弱女子。

她這次吃了秤砣鐵了心，必定要將王城掘地三尺，把那妖王給找出來！

沒有人會喜歡被人像是鳥兒一般，養在精美的籠子內的。

先不說她不是什麼小孔雀小紅霏，她的水煙大人……可還在外頭呢！

雲娘的鬥志高昂，鬧騰了整個內寢宮，她可不信奇凜日日都不回宮睡覺？如果真是如此，那她就把他的宮殿整個翻過來！侍女們勸也不是，不勸也不是，急得焦頭爛額。

而奇凜自己卻事不關己，躲在王城的後山內，幾百尺的地底之下，一個人躺在一具嬌小的水晶棺材上方，搖頭失笑。

剛剛的震動他早就有所感應，會派侍女過去，也只是想激她一激罷了。

「這傢伙的脾氣比妳好多了啊！我讓她放膽炸，她還跟我客氣呢！這王城我都看得生膩，如果能換上一座就好囉……而且要是妳，早就把我的王城全給拆了！對吧？霏。」

奇凜身下是一座小巧的水晶棺材，他嘴裡叼了一根稻草，少年般的身形纖細瘦弱，彷彿稍微一用力，就能拗斷他的脖子，但這只是外表，妖王擁有妖界最至高無上的管理權力，他一眨眼，就能毀了整個妖界。

但此刻，他只是自顧自的與水晶棺談天說地。

環繞著水晶棺的所在地，是一間由他親手打造的狹隘洞窟，整個妖界只有他能深入此處，就連他最貼身的侍女，也不曉得奇凜總是在午後消失到什麼地方。

這裡的溫度極低，能夠凍得一隻靈力低下的小妖，全身直打哆嗦，腳尾冰冷。更別說一旦有凡人進入，必定不出三刻鐘就得暈死過去。

不過奇凜不以為意，在洞窟門口那結冰的冰柱底下，他仍然一身單薄的長袍，甚至敞開了胸前的衣衫，單薄的胸膛配著兩頰的病氣，讓人看了都要心疼。

他一個人蹺著腳，毫無忌諱的躺在棺材蓋上，只是伸出單手，有一下沒一下的摩挲著身下的棺木，舉動看似毫不在意，卻透著一股溫柔的情意。

在他身下水晶棺內，沉睡著一隻火紅的孔雀，約莫有半人高，正蓋著自己的羽翼，緊緊閉著眼睛沉睡，那狹長的尾羽還微微上鉤，繞著自己的軀體。

這紅孔雀遠遠看起來是精美的雕刻，近看一眼，孔雀的臉蛋早已蒼白，一雙丹鳳眼閉得死緊，就像棵被冰凍起來的枯木。

「紅霏，她是妳送給我的生日禮物嗎？我收到了，我很喜歡呢……」

他翻了個身，隔著冰棺把額頭靠上孔雀的臉頰，含情脈脈的蹭著，臉上無限依戀，「我就知道妳對我好，捨不得我一個人，也知道我想妳，這麼多年了，我都快要忘記妳人形的模樣了……」

奇凜一個人低語。「我好害怕、好害怕。」他反覆低吟，語氣破碎，洩漏著他內心的恐懼。

他這麼愛紅霏，為什麼這該死的年華還是把紅霏的樣子，一點一滴的帶走，他會不會有一天，竟然再也想不起來紅霏的模樣？

但是沒關係，他有紅霏的身體，他將紅霏凍結在這裡，她永遠是他一個人的。

他知道紅霏早已轉生，她是妖族與人類的混血，她擁有半妖的能力，以及最珍貴的魂魄。

就算想不起紅霏的臉龐也無所謂，他仍然愛著她……

棺木內的孔雀早已死寂，仍然側著身子沉睡，對他一個人的喃喃自語毫無反應，只是自顧自沉睡，奇凜卻不以為意。

「她長得跟妳真的很像……」奇凜的臉頰又摩挲了幾下，「我剛剛看到的那一剎那，我也差點以為是妳。不過妳別擔心！我只愛我的小孔雀……」

奇凜垂下修長的眼眸，闔上流轉著藍色光芒的眼珠子，「我永生永世只愛妳。紅霏。」

孔雀仍然毫無回應，其實她就是奇凜口中念念不忘的紅霏，只是她已經死了很多很多年了，她早已轉生數次，只是妖王從不去尋她，只是在這裡伴著她的屍首一日一日。

「妳問我，我為什麼要帶她回來嗎？」奇凜還在自言自語，「因為那是妳送我的禮物啊！而且我好久沒看到妳笑的模樣，也好久沒看到妳發怒的樣子，看著她，我的心會痛。」

「所以，再讓我看一陣子吧！我會放她走的，我會的……」

奇凜彎曲了身子，伏趴在棺木上方，像是一個孩子一樣，閉上眼睛，緩緩沉入夢鄉，在夢中，他還不是妖界的王，紅霏也還沒有死。

「我不會認錯妳跟她的，永遠不會。」

夢境當中，他跟紅霏都以真身的模樣，奔馳跳躍在人間的山林裡，那樣自在快意，永遠沒有煩憂與苦痛，他們純真的相信，兩人不會有分開的一天。

奇凜的真身是鳳，鳳凰中的另一半，神獸也。

他從天界誕生，在他那個時候，並沒有妖界的存在，三界六道，只有天、地、人，沒有妖的位置，妖怪們與凡人雜居，之間的界線曖昧且模糊。

那時，時有半妖的出生。

半妖的壽命比妖怪短，靈力也比妖怪少，原本是在妖怪與凡人的共同庇護下，也是能享有快樂童年的孩子。

但是最初混沌未明的時代過去了，凡人的信仰基礎以天界為主，殘忍的推開了妖怪們對凡人的諸多愛護，甚至將一切的天災人禍推給妖怪們。

妖怪們遠遁而去。

但半妖們卻如驚雁失序。

紅霏是半妖的孩子，所屬妖族是紅孔雀，就出生在那一個涇渭分明，甚至彼此仇視的年代，她的母親是妖，卻死於難產，他的父親是凡人，卻沒有能力保護她。

在紅霏五歲的時候，她居住的村莊，不斷的發生漫天大火。

而紅霏總是在大火發生之前，提前預知下一個即將被焚毀的屋子，村民從一開始的慶幸，逐漸轉變成懷疑，紅霏那時才五歲，懵懵懂懂的年紀。

她還太小，不懂得隱藏自己的天賦。

她說，她可以感受到火的氣味，帶著一點微微的焦，以及刺鼻的熱度。

村民不明所以，沒有人聽得懂這孩子在說些什麼，但是她卻能正確預知每一次大火發生的時間與地點，他們開始謠傳，這孩子是祝融之子，替人間帶來火光的災厄。

紅霏想辯駁，她不是祝融的孩子，她是小孔雀，尾巴很漂亮的那種鳥。

但是爹爹說不能說，紅霏跟爹爹打過勾勾，所以在他被燒死之前，她都緊閉著雙唇，從來沒替自己出聲辯駁過一句。

火，好燙。

凡人的火按照道理，是不能傷害火孔雀的，但是紅霏只是半妖，她甚至只有五歲，在火孔雀蛻變之前，這是他們一族最脆弱的時候。

媽媽，紅霏要死了嗎？

被綁在柱子上，熱烈的火舌，興奮的紋上她的大腿，一點一點焦灼的傷痕，慢慢斑駁的掉落，這是紅霏的血肉，也是她的眼淚。

不能說，這是祕密，不能說。

紅霏瞪大了眼睛，看著天空，她好想飛，她知道她是孔雀，她骨子裡就流淌著能翱翔天際的血液，只是她還被困在這小小的身體內，正在一點一滴的失去自己的意識。

為什麼都沒有人來救紅霏呢？

在最後的時分，紅霏的全身被燒灼裂開，從裡頭一片一片的剝落，她本能的回復了真身的形體，引起圍觀村民的驚呼，更加深信自己逮到了縱火的真凶。

半妖的孩子是以人形出身，一直要修煉到某一個境界，才能幻化出真身，紅霏的強行突破，並沒有為自己帶來生機，只是加速步向死亡。

畢竟她還太小，連繩索都無力掙脫。

剛從天界溜下凡來遊玩的奇凜，正巧翺翔過這一個偏遠村莊的上方，他看見了紅霏的慘況，也聽見了紅霏無聲的慘叫。

孔雀與鳳，說起來也是相當遙遠的眷族。就因為這一點關係，年少貪玩的奇凜，飄下了片片火羽，嚇走了圍觀的村民，救下已經奄奄一息的紅霏。

「唉呀，妳快死了呢！」

他抱著炙熱的紅霏，試圖輸入自身的靈力，只是這小傢伙仍然太小，而且傷勢相當嚴重，甚至拒絕他的救治。

「你、好漂亮……跟我一樣也是孔雀嗎？」

紅霏的鳥喙已被燒至焦融，她只是迷茫的看著一身火紅的奇凜，在心底發出微小的心音。

「哈，我才不是，我是鳳。」

奇凜被這瀕死的小傢伙逗笑了，他知道懷中的半妖是孔雀的後代，而鳳的真身羽翼張揚，尾羽曳長，難怪她會看錯。

這小孔雀有點好玩啊……抱著的大小也挺趁手的。

奇濛思索了一下，不知怎麼的一股衝動，他吐出了屬於靈獸的靈珠，塞進了紅霏的嘴裡，看著紅霏緩緩燦亮起來的身軀，繼而滿意的帶著紅霏，飛向天空揚長而去。

從那天起，他們的命運就緊緊纏繞在一起，就像一對泥娃娃，你泥中有我，我泥中有你，永永遠遠不分離。

在夢中的奇濛，又夢見了這一段初相遇的過程，因為毫無防備的陷入自己所創的夢境中熟睡，連他瘦弱的胸腹都被水晶棺冰得一片青紫。

只是這種痛再怎麼痛，還是比不上鳳失去愛侶的痛楚……

奇濛的眼角滑落一滴淚，他又蹭了蹭水晶棺，依戀的更靠近了一些。

夕陽西下，斷腸人在天涯。

雲娘鬧了幾天，奇濛終於來見她了，但是他慢騰騰的吃飯、喝茶，連隨侍一旁的侍女們都感到不可思議，她們從未見過妖王清醒的度過一整天。

奇濛看著雲娘發脾氣、看著雲娘冷著一張臉，他還是自顧自的一兩天就來見一次雲娘，他看著她緬懷，看著她出神，雲娘最後頹喪了，不管她做什麼都不會有用。

奇凜只是透過她，懷念另一個人。

她皺眉、她發火、她笑、她悶悶不樂，奇凜都會露出一種若有所思的表情，他在她身上看見了霏，活生生的霏。

這期間芙蓉也上門鬧過幾次，但是妖王不見她，就算芙蓉拿辭去妖界管理者的事情來威脅他，奇凜都不為所動，他知道芙蓉會替他好好守著妖界，畢竟鹿角還不知所蹤。

芙蓉沒有辦法，只好轉告水煙，兩人面對面發愁，京玉來過幾次，他們都沒有想到事情會變成這樣，就連閻王慎重其事地寫了幾封信進去，妖王卻只緊閉著內寢宮的大門。

「妳長得跟她真的很像。」時間久了，奇凜也大方地坦承，在最初的興奮過去之後，他立刻知道雲娘不是他的小孔雀，畢竟雲娘是花妖，而紅霏是人魂，沒有可能的。

「但我不是她。」雲娘低垂眼眸，端起桌上的熱茶，抱在袖口邊，喝了一口。

「我知道。」奇凜笑瞇瞇的，「我也沒看過她這樣好脾氣的陪著我喝茶。」

他與紅霏認識的時候他還很年輕，他受過天界良好的教養，他知道怎麼泡茶、茗茶、品茶，但是紅霏沒這耐性，她總是鬧騰。

她幾乎是奇凜一手養大的，奇凜很寵她，總是由得她去。

「……你明知道我不是她，你留著我做什麼？」

「想她。」奇凜雲淡風輕。

「跟我說說她吧？」雲娘抬頭，專注的看著奇凜。

或許他說得越多，就越能區分兩人之間的差別。

奇凜失笑，從來沒有人敢跟他提出這個要求，他自逐天界，離開火鳳一族，他……心底的傷口從來沒好過，但是他看著神肖紅霏的雲娘，還是緩緩開口。

「她……很倔強，我從小養大她，她先是叫我爹爹、接著叫我哥哥，後來叫我奇凜。」

雲娘一口茶差點噴了出來，這是什麼樣的一個關係？

但是奇凜沒發現，他看著遠方，只透過雲娘的輪廓回想起那些很多年前的事情，那些沉睡在自己記憶中，卻不曾忘懷的事情。

他與紅霏是一個很長的故事，很難三言兩語說完，但他一起了頭，兩人都意猶未盡，奇凜開始沉浸在那些美好的回憶中，他覺得他的傷痛終於有了出口，而雲娘又是一個很好的傾聽者。

他們開始養成習慣，會在午後的時候坐在湖邊，不管天氣如何，侍女會準備一壺茶，奇凜會開始說故事，說那些他跟紅霏的故事，他們認識的時候還很年輕，對世界抱持著一種高度的興趣跟期盼的希望。

在他們眼中，世界的一切都很美好。

但是他們都還太年輕，他們恣意妄為，他們闖過了很多地方，不管主人是否同意，奇凜笑著回想起這些事情，他從懷中掏出了一把鑰匙，遞給雲娘，「相信嗎？我們甚至有個寶庫，給妳吧，那些東西我永遠用不著了。」

意。

雲娘很自然地收下了，當作自己被「綁架」的補償，奇濂只是縱聲大笑，絲毫不以為意。

「為什麼不去找她？」很偶然的，在一個午後，雲娘問起了這個問題。這個她一直深藏在心中的問題。

按照奇濂的故事來說，紅霏是自然老死的，她雖然覺醒了，成為半妖，但是她根本上還是人魂，她擁有魂魄，所以她的歲月只比凡人稍長一點，但因為半妖的能力，所以她維持了很長的一段壯年期。

然後在壽命的盡頭之前，紅霏急遽的衰老、弱化，這一段的時間快得讓奇濂幾乎慌了手腳，最後他只能將紅霏的真身冰住，永永遠遠的困在水晶冰棺之中陪著自己。

最後，紅霏的魂魄進入了地府，依照奇濂的能力，要尋找她，輕而易舉。

「我以為她會因為我，而以人魂的狀態存世……」奇濂張了張口，終於說出聲音。他在陰間找不到紅霏，閻王卻什麼都不肯告訴他，只說紅霏已經走了。

所以他想，紅霏已經進入輪迴，已經遺忘他了。

雲娘愣了一下，在陰間找不到紅霏的奇濂，肯定大受打擊，但是奇濂還有機會啊！「就算她轉生了，你也一定找得到她。」

「不，妳不懂，被輪迴清洗過後的她，已經不是她了，她不記得我，她會用一種困惑甚至嫌惡的眼光看著我，她……」面容溫潤如玉，被譽為天上地下最美男子的奇濂，把手，埋在掌心裡，深深的哭泣了起來。

雲娘什麼都沒說，她可以感受到奇凜的痛苦。

輪迴是一種保存人魂安定的機制，它能夠清洗人魂所有的記憶跟情感，雖然這也是人魂常常不斷犯著相同錯誤的原因，但是這也讓人魂越來越圓滿的過程中，不至於崩潰的機制。

如果一個人揹著過往的所有記憶與情感，絕對沒有辦法重新開始。

所以雲娘只是伸出了手，把手搭在奇凜肩膀上，表示自己了解他的痛苦。

她什麼都沒說，她懂得奇凜的苦；他們是同類，都為了追尋而苦。

但是再長的故事總會有說完的那麼一天，最後一天奇凜看著雲娘的眼睛，說著紅霏在他懷裡嚥下最後一口氣時，他指了指眼角邊晶瑩的淚珠，跪了下來，他手裡有一枚戒指，一枚燃燒著火焰的戒指。

「奇凜，你知道我不是她。」雲娘鎮靜的放下杯子。這個結局她始料未及，但她一直希望奇凜可以回頭。

「我知道。」奇凜點頭，「但我永遠的失去她了。」

「我不是誰的代替品。」雲娘昂首，驕傲的瞪視著奇凜，「叫我的名字。」

「……」奇凜不語，他寂寞得太久了，他一直一個人，守著紅霏的孔雀屍身過活，他想念溫暖的陽光，他看著雲娘，他起了一絲念頭，他或許可以看著這張與紅霏極度相似的臉，度過這漫長的一生。

雲娘是妖，她永遠不會離開自己。

雲娘嘆息，為了癡情到幾乎癲狂的妖王，難怪他撒手不管，他的靈魂已經不再完整，他如此破碎，又如何承擔一個世界的責任，她站起身來，故事已經結束。

「謝謝你願意說給我聽，我是芙蓉的囚犯，我該回到我該去的地方。」

「……我可以幫妳解除刑期，這很簡單、不費我吹灰之力……」

雲娘搖頭，「放我走吧，奇澟。」

「不可能。」奇澟猛的站起身來，打翻了一桌的茶水。

他張手，雲娘瞬間往後倒，倒入奇澟的懷裡，她瞪了一眼，又反手起身，兩人半真半假的打了一會，雲娘大部分的靈力都被封住了，只剩手腳功夫，奇澟也沒動真格，他真要鬧起來，整座宮殿都會垮掉。

他們行雲流水，有進有退，兩個人都很專注，連鼻尖上都冒出了一絲水珠，侍女們退得遠遠的，讚嘆的看著，雲娘跟奇澟，美的像是一幅畫，她們真心希望，奇澟永遠像這陣子一樣。

雲娘微微喘著氣，兩人交手了一陣子，她沒有靈力支撐，看起來並不若外表的輕鬆，「奇澟，你會後悔，我不是她，永永遠遠都不是，你對不起的是自己的心。」

奇凜愣了一下，閃過了一個手刀攻勢，「用這招擾亂我心神，妳很聰明啊，小孔雀。」

雲娘舉起了手，重重的橫劈在奇凜的頸間，「你要我說幾次！」

她以為奇凜會閃，但奇凜卻沒退，他趁勢攬住倒在他胸前的雲娘，他大笑出聲，制住了雲娘，兩人的差距還是太大了，他把下巴靠在雲娘的耳窩下，輕聲說話，聲音如貓爪一樣撓人，「謝謝妳這些日子以來，陪著我。」

他嘆息，雲娘終究不是紅霏，他放手，心甘情願，雲娘說對了，他會後悔，他會對不起自己，他的小孔雀還在世界上飄蕩，他怎麼可能抱著別人，汲取不屬於自己的溫暖？

聽見他的聲音，雲娘緊張的身體頓時鬆懈下來，她也伸出手，拍了拍眼前這個傷心的男人，他們會是朋友，很好的朋友。但是她耳後忽然傳來奇凜的吸氣聲，「是妳，真的是妳！」

雲娘不明所以，掙開了奇凜的懷抱，「你說什麼？」

奇凜幾乎瘋狂，他指著雲娘的耳後，上頭紋著一隻正舉翅欲飛的孔雀，他臉上的淚水流下，「原來真的是妳，我沒有認錯……」

幾乎瘋狂的奇凜做了很瘋狂的事情。

他拽著雲娘來到陰間，鬧得人盡皆知，水煙跟芙蓉還來不及慶幸可以看見雲娘，就幾乎被他嚇傻了，他壓著雲娘來到輪迴臺，對著值日的陰差咆嘯，說他要借輪迴臺一用，陰差們忙不迭的通知閻王，閻王跟著京玉趕緊趕來，卻不知道拿幾乎瘋狂的奇凜怎麼辦。

他說，他要借輪迴臺一用，他要將雲娘送入輪迴，他要雲娘成人，他要雲娘重新再來，他還有機會，他要讓雲娘愛上他，他瘋了，徹底的瘋了。

他根本要推雲娘去送死，她會被輪迴臺輾得連渣都不剩。

但他說，這是他唯一的機會，他顧不得這麼多，他不敢去尋紅霏，但是紅霏卻來到他的眼前，他只能這樣做，他沒有別的辦法了。

奇凜修為比在場的所有人都要高，甚至閻王也拿他沒有辦法，他們僵持了大半天，奇凜雙目通紅，「你不借我輪迴臺一用，我就拆了你的地府。」

「地府毀於一旦，人間也即將蕩然無存。」閻王肅穆的說著，可惜擋不了已經為愛癡狂的奇凜。

「我管不了這麼多，我不能忍受她愛別人！」奇凜發了狠，周圍的靈力開始亂竄，他的頭髮揚起，衣袖獵獵的飛動，「誰敢攔我，我殺了誰。」

眾人嘆息，閻王朝後揮揮手，這勝算不大，但是他們只能一戰。

「那我呢？」一個枯槁的身影往前一站，眾人皆一驚，連芙蓉都只能掩著臉嘆息，這人已經三個月不見雲娘，他一臉憔悴，形單影隻，他往前一站，「雲娘是我的小花兒，你把她還給我。」

他的話裡有著的沉痛，不亞於奇凜。他，是曾經風流倜儻，永遠笑嘻嘻的水煙。

「你也一樣，別攔我。我對你沒有虧欠，她本來就是我的紅霏，我還搞不清楚她為什麼成了妖，但是她是我的。」奇凜抬起頭，與水煙對視著。

「你會害死她。」水煙沒有什麼過度激烈的情緒，他只是陳述著事實。

「這是我唯一的辦法。」奇凜悽慘的一笑。

「好吧。」水煙點點頭，他的視線越過奇凜，專注的看著後頭被拽著不放的雲娘。「那給個機會行不？我們一起去，她愛了你一世，也愛了我一世，接下來的這輩子，讓她自己選擇。」

奇凜轉頭，看著身後被自己緊緊拽著不放的雲娘，她的手心在自己的手掌裡，視線卻不是落在自己身上，他心中一陣劇痛，「……行。你要來便來，我們都會是她的青梅竹馬，你跟我是兄弟，我們會看著她誕生，我們……各憑本事。」

水煙點下了頭，昂首往前走，他們三人並肩，踏上了輪迴臺的橋端，遠處一片漆黑，中間一點光芒，那是重生的希望。

也是雲娘這一生的終點。

雲娘與水煙邁開腳步，往前走，奇凜不自覺鬆開了雲娘的手，他看著他們倆緊緊牽住彼此，視線膠著在一塊兒，他一個人落在後頭，形單影隻。

他們即將踏入輪迴，展開下一世，如果暫且相信雲娘能夠安然轉生成人魂的話，眾人屏住氣息，誰都不知道下一刻會是怎樣。

奇凜忽然嘶吼了起來，悲痛欲絕，他大聲狂吼：「站住站住！」

他看著雲娘轉過身來，臉上跟紅霏一模一樣的面容，他落下淚來，他的確無法忍受他們如此親密的目光，但是他更無法忍受紅霏再次在自己面前死去，如果輪迴臺撕裂了紅霏，那紅霏將不復存在，他嘶吼落淚，眼角與耳殼裡都滲出絲絲血珠，這個決定很艱難，但是他知道自己一定得做。

因為，愛到了極致，就是放手。

他只能放手，他雙膝用力跪下，他歪斜倒在地面，不斷嚎哭，他無能為力，他的紅霏啊……他只能放手了，希望紅霏原諒自己，希望她永遠幸福，與其讓她死去，不如讓她活在別人的懷中。

眾人嘆息，為了這一個永遠解不開的結而嘆息。

芙蓉向前一步，攬著不斷哭泣的奇凜回到妖界，她第一次看到總是醉醺醺的奇凜放聲大哭，或許這也是一件好事情，或許徹底的撕開傷疤之後，才會有機會好起來，或許吧……

讓妖王這樣一鬧，閻王也沒心情繼續關押雲娘了，這花妖來歷不大，卻老是替自己惹禍，先是魔、接著又是妖王，天知道自己把她關在自己這個「小小」的陰間，還會繼續發生多少禍事？

他揮揮手，讓水煙把雲娘領回去了，就此長居人間，隱入世間，他將雲娘自地府囚犯名單除去，還她自由。經歷了這麼多事情，閻王只想回去閻王殿裡，蹺著腳，好好的喝杯茶，再看一本卷宗。

番外　曲終未散之三・冬日時節

枝葉茂密，百花盛開，時節又來到春日，人間生機盎然，水煙跟雲娘一前一後的走回他們跟土地公討來的大樓面前，兩人恍若隔世，對看一眼，幾乎不敢置信，他們坐在陽臺邊喝茶的事情，彷彿前塵往事。

數十年過去了，也虧得這棟大樓還在，雖然已經幾乎廢棄，杳無人煙。

他們無從得知發生什麼事情，只知道熟悉的街坊鄰居都已經不在，雲娘嘆了一口氣，拾階而上，自家七樓的大銅門微微變形，看來鑰匙是沒用了。

雲娘咬著下唇，猛的一拉，大門哐啷的掉了下來，水煙吞了口口水，原本前後陽臺的植栽，全都瘋狂的生長，不僅橫亙過室內，更張牙舞爪的在一室已經腐朽的家具上方伸展，展現各有風情的旺盛生命力。

雲娘還得撥開玄關門前的枝葉條，才勉強能進屋——碩大的枝條從外邊的陽臺穿過已經不見的紗窗，竟然長到室內了。

她運起靈力，催使這些植栽們給自己讓條道路，她艱難的走到後陽臺。沿路還踩在一層一層堆積起來的枯葉上，這些植栽汰舊換新，長得快，淘汰枝葉的速度也快！

她一腳深一腳淺的勉強前進，水煙在後頭喳呼個沒完。

「乖乖隆地咚，這些植物都成妖了？」

好好一間房子，現下都成了危機四伏的荒野叢林了，還有響亮的蟲鳴聲在其中大鳴大叫呢！

「還沒成妖，不過也快了。大人你看這，我的聚靈陣被破壞了。」

雲娘指指後陽臺牆上，一個很隱匿的符陣，上頭原本有八顆玻璃珠，而中間那一顆特別碩大，光彩奪目，周邊的其他七顆會繞著它運行，日夜不息，吸取人間微薄的靈氣——轉化成水氣。

這是雲娘的「自動」澆水裝置，她要前往陰間，協助閻王追捕魔之前，因為沒有辦法預料自己什麼時候會回來，她很有先見之明地，特地在後陽臺安置了這個聚靈陣。

只是她沒想到自己這一去竟是數十年，這裡早已荒廢成一棟危樓，連帶這些植物都漫生了一大片。

這個聚靈陣功能微小，吸取的靈氣也不過來自天地日月的一點零頭而已，應該不至於引起妖怪們的覬覦，或者是引起凡間修道人的不高興，但沒想到自己久久未歸，還是出了點小差錯。

「這裡都成了危樓，這些植物的根幾乎纏繞在整棟大樓裡，卻沒有接地，它們到底是怎麼活的？」後頭的水煙終於走了進來，他嘖嘖稱奇的四處摸摸看看。

雲娘淺淺的一笑，「它們依靠聚靈陣的靈氣而活，本來只是想替妾身澆澆水的小陣法，結果卻鬧成這樣，不過要不是它們，這棟樓早塌了。」

「誰會想到呢？」水煙跟雲娘對視了一眼，兩人都笑了。

「不過，寶珠不見了。」雲娘皺起眉頭。

「什麼？」水煙不明所以。

「聚靈陣中心的寶珠不見了，所以整個聚靈陣……不僅沒有停止運作，甚至還超幅發揮功能。」

「法陣缺失了一角還能運作？」

雲娘的臉微微紅了，「妾身不太會畫這種沒什麼用的小陣法，又怕此陣威力過大，所以安了顆寶珠上去，壓制此陣的能力，卻萬萬沒料想到，寶珠會被偷走，結果聚靈陣過度發揮，才會讓一屋子的植栽都成了現在這樣。」

「……」水煙默然無語了片刻，好吧！他的解語花還挺有本事的，她不會畫可以叫他畫啊，「寶珠重要嗎？」

「也不是很重要，只是漫遊人間時，隨手收過的一顆水靈寶珠罷了，掉了就掉了，不打緊。」雲娘擺擺手，單手一拍牆面，消除了這個過度工作的聚靈陣，只是這滿屋子的花花樹樹……

她還兀自沉思送回妖界的辦法時，水煙忽然比了個手勢，「噓。」他的頭顱左右環顧，看向室內，「大人你聽，那是什麼聲音，叮叮噹噹的，好像……」

雲娘一驚，「是寶珠落地的聲音！」

水煙立刻把雲娘拉至自己身後，「別亂跑，這膽大包天的竊賊竟還在屋內！我們兩個活捉他！」

水煙小心翼翼的貓著腰，高高抬起腿來又輕輕放下，朝向室內緩緩移動。雲娘跟在後頭啼笑皆非，閻王撤除她囚犯的身分之後，她仍然在陰間待了一段時間，原因無他，她得花一些時間讓水煙大人解除心結。

她，到底是不是妖王的小孔雀，這件事情沒人知道，人魂轉妖不是不可能，但是這其中想必曲折，閻王沒有得到任何風聲，他到現在都還搞不清楚為什麼會憑空丟失了一條人魂。

但是這件事再沒有人提起，她曾經是也好，她不是也罷，她現在只是水煙的一朵花，她陪著渾渾噩噩的水煙在陰間住了一小段時間，水煙終於開朗起來、像是以前那個瀟瀟灑灑的陰官水煙了。

真好，又看見水煙大人的笑容了。所以，不管他怎麼鬧騰，都由著他吧！雲娘掩著嘴輕笑，跟著水煙往前走，在枝葉繁密的室內緩步摸索。

聲音是從雲娘的房間傳來的。

水煙踮著腳尖走，一路輕輕巧巧，一直走到房門前。

水煙先示意在他身後的雲娘推開房門，他則一馬當先的衝進去，右手的羽扇已經離身，在空中銳利的飛轉著。

「是誰在這裝神弄鬼！快點出來，大爺我可以饒你一命不死！」水煙大喊。

沒有任何人回應他。

隨著水煙的威嚇聲，寶珠落地的聲音一瞬間消失了，整個房間內安安靜靜，水煙沒放下警戒，一手死死拽住雲娘的手，過了好半晌，雲娘才吶吶的想抽回自己的手。

「妳別亂動！這無恥小賊本領特高強，連我都感應不到他躲藏在何處！」水煙感覺到雲娘的掙扎，趕緊喝斥。

「呃，妾身沒想亂動，只是大人你嚇到我們的小客人了。」

雲娘的唇瓣溢出了笑聲，輕快的笑聲笑得水煙一恍神，竟讓雲娘掙脫了自己的手，雲娘指指自己的衣櫃上方，有一對月黃色的小眼睛，圓滾滾的，正一瞬也不瞬的盯著水煙看。

「嚇！這是什麼妖物！看我的厲害！吃我一記飛扇！」

屋內因為植栽過多的緣故，光線透不進來，顯得相當昏暗，水煙模糊一看，還未辨明對方來歷，一把扇子就想先飛過去，探一探對方虛實。

「噯！大人你等等！」雲娘急急喊著。

她指間的藤蔓急速竄出，打掉了水煙的扇子，不過已經嚇到了衣櫃上的那雙眼睛，牠一躍而下，還差點被地上的寶珠絆倒，嚇得牠渾身炸毛，迅速鑽入床底，不見蹤影。

水煙這才看清，原來那是一隻白黃色相間的大肥貓。

「……怎麼會有貓？」水煙也愣了一下。

「妾身都說是客人了，大人你還嚇到牠。」雲娘邊抱怨著，邊低下了頭，拾起了地上的寶珠，蹲在床沿邊，往床底下招手，「小貓兒你快快出來，裡邊髒，你肯出來的話，這顆寶珠就讓給你玩。」

雲娘手上的寶珠被舔得都是口水，還有些微的牙印子，可見這隻大貓有多喜歡珠子。

雲娘拿珠子來哄貓，讓水煙看得一陣發笑，一屁股坐在床上。「牠才嚇到我哩，原來就是這隻大肥貓，害我們現在得坐在滿山遍野的草堆裡。」

「那有什麼關係……」雲娘也笑了，看著水煙也跟著蹲下來，甚至毫不猶豫的趴到床底下，對著貓兒喵喵叫。

屋內一團亂，完全不知道要從哪裡開始收拾，連自己的床鋪都被踩滿了貓兒的黑腳印，一向愛潔的雲娘，卻忍不住笑起來，歡快地笑著。

她遞過手上的寶珠，讓正努力鑽進去的水煙拿來拐貓兒，「大人你行不行呀？」她打趣著。

鑽到了床底深處的水煙，悶悶的聲音傳出來，「行！當然行！」

水煙悶頭鑽到床底下，看不見雲娘現在的表情，她彎著嘴角，輕笑出聲，眼睛卻微微紅了，心裡只有一個想法。

哎！回家了，真好。

後來那隻黃白相間的大貓，就被雲娘從此養了下來，那天水煙撈了老半天之後，連頭上都繞滿了床底的蜘蛛網，還是只能兩手一攤。

他放棄了，讓貓跟他都一起冷靜冷靜。

還好大貓躲了三天就出來，餓著肚子滾出來，對著雲娘老早就擺好的飼料狼吞虎嚥，甚至雲娘一沒留神，牠還差點噎到了。

後來水煙來的時候看見，大貓臉上一道八字眉，讓水煙邊喝茶邊笑個沒完，本來還對著大貓的臉，衰尾道人衰尾道人的直叫，說要給大貓取這個名字。

結果大貓成天都拿屁股對著他，死死不肯回頭，連飯都不肯吃了，才讓雲娘作主，改定了名子，就叫小八。

不過小八簡直不像一隻無主的貓，雲娘就這樣將養著牠，牠也可有可無的住下來了，一開始還會踏踏窗子，出去溜躂個兩圈什麼的，後來簡直足不出戶，成天睡在雲娘的腳邊。

水煙就特愛鬧牠，每次來了都要吵得小八不得安寧。

「小八小八，別睡了！我帶你去走走。」

這會兒水煙煩人的聲音又在小八的耳朵邊響起，逼得牠捲成一團，把自己的頭埋進柔軟肚子內，只求能隔絕外界擾人的噪音。

「別吵牠了，小八很老了。」雲娘站起身來，把織到一半的衣服放下來，「妾身跟大人出去吧，剛好家裡附近的苗要重新下了，大半年的沒回來，我有些擔心。」

「好啊！我們出去走走，不過這貓老歸老，還知道要攤上個好主人呢！」

水煙摸摸下巴，又想去拉小八胸前的寶珠，那顆本來拳頭大的珠子，因為小八很喜愛，雲娘也就將寶珠縮成指甲片，特意贈與小八，還編成了繩結，掛在牠身上。

「好了，妾身說別鬧牠了，走吧。」雲娘披上了外衣，要入冬了，中都還是熱得很，只是晚上偏涼。她站在門口回頭，看著水煙伸在半空中的手。

「嘖。得人疼的貓真討厭。」水煙放棄逗弄小八，悻悻然的把手放在口袋裡，插在腰邊出門。

他現在穿人間的衣服很習慣了，每次來雲娘這，就習慣穿一件有口袋的上衣，跟一件深藍色牛仔褲，兩人鎖上大門後，一前一後下了樓梯，像一對彼此熟稔已久的老夫妻，並肩走了一段時間，水煙開口問：「妳養那隻蠢貓多久了？」

雲娘搖搖頭，到底是誰每次來就蹲在小八面前，小八小八的叫呢？「快半年了。」

「快半年了啊……那我們回來人間，也快半年了，」水煙搔搔頭，「說也奇怪，這半年像是一輩子那樣長。」

雲娘看一眼水煙，垂下眼眸，兩人走在路上的影子，被夕陽照得很長，幾乎交融在一起，看著影子相親相愛，她笑著說，「是啊……很安穩的時光。」

他們曾經一起站在魔面前屏息以待，也曾經舉步想一起跨入輪迴臺，他們一起面對了很多幾乎無法想像的難題，但現在，他們就只是這樣安安靜靜地過日子。

那一棟大樓讓雲娘整治了幾次，靠著那些暴長的植物，倒是讓整個大樓的結構更加強壯，後來雲娘才知道，之前中都曾經發生大地震，那棟大樓被判定為危樓，不適合居住，所以居民才會搬個精光。

但是因為地處偏遠，離市中心又太遠，所以還沒拆除，可能之後會拆掉，那就到時候再說吧，現在她有一些比較「特殊」的居民，像是一腳跨進深淵的人，或者妖，雲娘全都寬容以對。

甚至還替他們整治了幾個房間出來。

兩人默不作聲，並肩走著，繞了整個中都一圈，雲娘小心翼翼的栽下新苗，催化著自己的眷族成長，長成了一道牢牢的防線。

雖然水煙老是打趣她，「原來妳所謂的家裡附近，竟然這麼寬廣，我都不知道連這海港邊……竟也是大妖雲娘的管區。」

雲娘掩嘴笑，並不分辯。

因為她知道水煙說歸說，還是幫著搬石頭、清枯枝什麼的。每一個下苗的點，都是隱隱關係到地脈的走向，能夠替雲娘帶來最多訊息的位置，可不能隨意變動。

兩人邊繞邊走，饒是他們一妖一魂皆非常人，還是幾乎到了大半夜才回到家門，雙雙累癱在沙發上，一旁的小八，跳上了雲娘的身上，喵喵叫著討食，一直等到雲娘灑了一把飼料，才安靜下來，喀啦喀啦的啃著。

夜深了，雲娘開口，「今天晚上留下來吧？」

水煙猛然一震，驚愣得幾乎說不出話來，「妳、妳剛剛說什麼？我沒聽清楚！」

雲娘張著眼睛，淡然無波的看著水煙，「大人明早不是要陪我上市場？反正大人明日也放假，而且都這麼晚了，家裡又不是沒有房間，何必再回去一趟？」

這裡本來就是兩房一廳的空間，她沒做過什麼變動，一直都還留著一間空房，平時也是收得整齊，雖然沒有床鋪，不過本來就是和室地板，鋪個毯子將就一晚應該也還行吧？

水煙看著雲娘的臉龐，眼前的佳人卸下了時下少女的嬌氣，卻更添一絲溫婉。他一抹溫溫熱熱的鼻子，愣愣的說，「我、我看這不妥吧！」聲音微微發抖。

再怎麼說，他也是孔老夫子的門徒……

雖然孔老夫子都死得不能再爛了，恐怕早已化成灰，但是刻入骨子的禮教思想，又如警鐘一般，在他腦海裡聲響大作。

他知道自己對雲娘的情意，但可不知道雲娘心裡頭是怎麼想的，這麼久了，他一直怕唐突了佳人，就算對京玉大聲嚷嚷著他們是戀人關係，但自己其實心裡沒什麼把握……

「不打緊的，妾身幫大人鋪床吧。」

雲娘站起來，筆直走向自己的房間。獨留水煙一個人在後頭苦苦掙扎，內心波濤洶湧，一臉猙獰。

水煙用力的搖晃自己的頭，今天晚上真的要跟雲娘同房嗎？

不行、不行！自己在想什麼？

這自己讀聖賢書，到底所學何事，難道通通都忘光了，還沒明媒正娶……雲娘可不是什麼隨便人家。

水煙的內心著急的胡言亂語，也不想想兩人哪來的高堂可以拜？

他從門縫中看著雲娘，彎下柔軟的身形，手底微微展開毯子的模樣，接著俐落的抱下櫃子最上頭的枕頭……

雲娘！水煙今天只能對不住妳了！

他在內心大喊，慌不擇路的撞上牆，再趕緊奪門而出。

等到雲娘張羅了半晌，抱著薄毯跟枕頭出來，準備到另外一間房間鋪床時，已經不見咱們平時風流倜儻、談笑風生的水煙大人了。

「奇怪，他去哪了呢？我被子都準備好了，怎麼也不說一聲就走了？」雲娘放下手上的東西，微微側著頸子想著。

只是一室安靜，早已離開的水煙當然不會回答她，只有小八的喵喵聲陪伴她。

「你說什麼呢？你還不懂得說人話，我也還聽不懂貓語，真苦惱啊。你會想成妖嗎？那時候你說的話我就能聽懂了。」雲娘抱起小八，朝向窗外遠望，兀自自言自語。

小八在雲娘的懷中伸伸懶腰，撓了撓爪子，又舔舔指縫，張口喵了幾句。

如果雲娘能聽懂的話，她就會知道自己懷中的貓兒正在鄙視自己。

嘖嘖，談戀愛的人都是傻子。

「孺子不可教也！我要被你氣死了！」

堂上的老師傅氣得吹鬍子瞪眼，水煙一開始習不來古琴，他就換長簫給他，其實他應該被分到歌唱組的，至少不會天天製造噪音，還可以凸顯他情感中柔軟的部分。

可惜水煙不肯唱，挑挑揀揀選了長簫，本來以為教了好一陣子了，終該有些進展。結果今日課堂一看，卻反而心境雜亂，簫音不能鎮魂反倒擾人。

鎮魂使者的功能，最主要就是定期清洗人間的魔氣，延緩下一次心魔降世的時間，雖然是一個治標不治本的辦法，但是如果集眾人之力，或許可以保人間長久平安。

這是閻王打的算盤，雖然有些天真，但不妨一試。

但是你聽聽看，水煙吹這什麼樂曲？

老師傅氣得搔頭弄髮，「你以後出去別說是我的徒兒，我沒你這麼笨的徒弟！說了還砸我招牌！」

「唉師傅……」水煙向後仰倒，倒在軟榻上，抱著一根簫，頭上被敲的腫包高高隆起，看著倒是悲慘兮兮，「學生心裡有事，吹不來清靜無波的樂音，你今天放我走吧？」

可憐老師傅年紀一大把了，還得聽聽學生的心裡話，「說吧？再這樣讓你氣下去，我都要魂飛魄散了。你的心結不開，也不會有什麼進步的。」他一掬鬍鬚，盤腿坐在水煙面前。

「我喜歡上一個姑娘家。」水煙坦承的開頭，又吶吶的說著，「可是我都死這麼多年了，要去哪找我的雙親？如果不上門提親，那我又不好意思……」

老師傅翻翻白眼，這什麼世代了？沒想到自己的學生比自己還古板，他指指頭上說，「這上頭的凡人，聽說現在都已經不時興一夫一妻了，你還這麼食古不化！」

沒想到水煙瞪大眼睛，「這可不一樣，我的姑娘家是好人家，非得要明媒正娶，八大轎抬進門，我才能夠跟她……廝守終身。」

水煙笑得一臉神往又甜蜜，大大噁心了老師傅一把。

老師傅搖搖頭，看來這招「他人如何你也如何」的辦法不通，沒關係，呼嚨學生是師者的天賦也是天職，他清清嗓子，換上相當嚴肅的語氣。

「來，師傅跟你說。這天地間有萬萬人，你要在茫茫人海中尋得一個合心合意的對象，難道很簡單嗎？」老師傅神情認真，一臉經驗老到，聽他的就對了的樣子。

水煙沉思了幾秒，對著師傅搖搖頭，「應該是不太容易的事情吧？」

師傅贊同的點點頭，「就是。再說這好姑娘人人搶著要，你不早點定下來，說不定哪天別人就讓別人佔了！」

水煙一聽，立刻咬牙切齒，想起了可惡的妖王奇凜，差點推著雲娘去送死。

「這別人已經出現了，還可討厭的呢！不過還好我的姑娘最後選了我……」水煙笑得甜蜜蜜。

老師傅暗地作嘔了一下，顧不得水煙臉上那噁爛的表情，趕緊打蛇隨棍上，一拍掌大喝，「那不就對了，你們倆既然合心合意，那些三姑六婆的媒妁之言，又有什麼重要的呢？」

水煙還想掙扎，「禮教可不是這麼說的……」

「禮教吃人啊孩子。」老師傅笑得意味深長。「幸福得來不易，不要錯過了，你要勇敢追尋，師傅看好你！」師傅伸出手，拍了拍水煙的肩膀，仔細回想著以前看戲時的臺詞。

隨著師傅的話，水煙想起了很多事情。

包括那一夜，他大哭大醉，和著辛辣的酒，流下的眼淚，澆灌了雲娘；

他第一次見到雲娘，那種震驚中藏著竊喜；

他跟雲娘隔著地府大牢的柵欄，緊緊看著彼此的視線，彷彿明日就是最後一日。

他們一起站在輪迴臺前，他克服了自己的心魔，他終於無懼輪迴，他想，如果是為了雲娘，他的下輩子一定很有價值。

這些回憶在他的腦海裡播放，他忽然跳了起來，「謝謝師傅，學生這就去把那位姑娘定下來，請恕學生今日要早退了！」

他一溜煙跑得不見人影，老師傅笑瞇瞇的搖頭，難得有這麼好拐的學生了，這水煙姓格有些地方不知變通，卻是個好苗子，好好教他，陰間擁有一批專屬的鎮魂大軍，就指日可待了。

到時候再去跟閻王要一壺天界才有的天酒，當作自己的賞賜吧？

老師傅笑得心滿意足，一拍桌子，幻化出五種樂器，分別是鼓、瑟、笙、簫、鐘，他悠悠哉哉的向後倒，指揮著樂器在屋內，不斷搖搖擺擺，各自奏出的聲音，在空中匯集成一曲繁雜的樂曲。

樂曲聲音不歇，老師傅自得其樂的笑。

本來被師傅一點通，打算要急急奔向人間的水煙，卻在緊要關頭，被閻王殿的命令緊急召回，一直遲至數週後才能脫身，當他終於卸下差事，按下了雲娘家的電鈴時，卻發現氣氛好像不太對了。

雲娘開了門之後，沒像以前一樣盈盈的笑，卻睜著眼睛瞧他。

她黑白分明的大眼睛，襯在瓜子臉上，水煙被瞧得手忙腳亂，好半晌，雲娘什麼話都沒說，水煙只得吶吶的開口，「怎麼了？我惹妳生氣了？」

他問得小心翼翼，卻惹得雲娘怒火翻騰。

雲娘淡淡垂下眼眸，手心裡的指甲緊了又鬆，暗自嘆口氣，怒火終究轉成一絲哀傷，「沒有，妾身為何要生氣？」

她轉頭就往裡走，什麼話都不說，她問得突兀，水煙卻聽懂了。

水煙一急，伸出手就抓住雲娘的手心，兩人十指緊扣，「雲娘妳別生我的氣，我突然接到差事，我那天不是一聲不響就走的，陰間來了個大人物，我、我……」

水煙急著解釋，他的風度啊、瀟灑啊，在雲娘面前全都不見，就是一個惹了心上人生氣，卻不知道該怎麼辦的男人。

「妾身沒生大人的氣，只是大人那天忽然走了，又好幾天沒捎個音訊過來，讓人心頭添堵罷了。」雲娘垂下眼眸，想悄悄抽回手，手心卻紋風不動，讓水煙握得死緊，「現在看來妾身是白擔心了。」

「也不是這麼說，有人擔心我，我、我很高興。」水煙的聲音壓得極低，雲娘還是聽見了，臉上一紅，用了大力氣甩開手，自顧自轉身入室內。

雲娘轉身走到了流理臺邊，倒了一杯茶，等臉上的暗紅褪了一些，才轉頭問水煙，「那大人沒事吧？」

「沒事，基本上那種大角色也不是我能上去打的，恐怕沒幾下就被塞進牆裡了，」水煙一臉苦笑，這陣子地府真是大亂，氣得閻王幾乎鐵青著一張臉數日，「只是對方不打架，只鬧事，說什麼要找他娘子。天知道，他娘子根本不歸陰間管。」

水煙嘆口氣，跟著雲娘走進屋內，「對方是來自天界的神獸，她娘子雖然是半妖，卻還未死，陰間沒有這抹魂魄，偏偏他不信，鬧騰個不休。」

「他不信他娘子還未死？」

「也不是這樣說，反正他就是擺明想長住陰間，等著他娘子回來。」水煙煩躁的扒扒頭髮，陰間事務繁多，這神獸又天天瞎折騰，人魂快被他嚇得魂飛魄散，陰間的陰差們各各求神拜佛，希望這神獸大老爺趕緊走人。

「是這樣呀……那他走了嗎？」雲娘點點頭，罷了，水煙沒受傷就好了。

「走了，只是……」水煙吞吞吐吐了起來。

雲娘邊與水煙搭話，邊張羅著桌上的茶具，一旁的小八卻一反平常懶洋洋的模樣，在水煙的身旁來回走動，神色警戒，看得雲娘暗自狐疑。

「只是什麼？」雲娘蹲下來，「今天小八怎麼了？牠平日也是見慣你的，卻還這麼焦躁的在你身邊打轉？」

「應該……是因為這個吧？」

水煙吶吶的拿起一直提在手上的提籃，還不知道怎麼跟雲娘提了，沒想到就先讓小八發現了，他掀起上面的蓋子，本來一直在他旁邊繞的小八，頓時炸開了毛，跳到茶几上，大聲的嘶吼。

「這、這是……」雲娘側過身來，只看一眼提籃內，就驚訝得瞪大眼睛，「這不是普通的小貓吧？」

裡頭一隻咖啡色的小貓，正蜷曲著身體，睡得香香甜甜。

背後卻隱隱有著男嬰孩的影子。

一旁的小八還在慘叫，牠討厭同類，更討厭雲娘看著那隻外來者的嬌軟眼神，牠往雲娘的裙襬一蹭，又趕不及的奔過去示威，惹得雲娘連連失笑。

「你說的對，這是那個瘋子的孩子。」水煙搖搖頭，「那個瘋子說他卜算了整整七天，終於算出來，要將他的長子下放人間，用孩子釣娘子！也不知道他的卜算是不是跟我一樣爛……」水煙嘟噥著。

雲娘讓奇凜帶走的時候，他卜算了數月，連個屁都沒卜出來。

雲娘微微張開嘴，「天底下哪有這樣的父母啊？」

水煙一拍手，「就是！不過閻王拗不過他，把這孩子讓我帶來人間了，要我找個好人家養著，以後我還多了一個工作，偶爾得去探望一下這孩子，看著他平平安安的長大。」

「這孩子有名字了嗎？」

「嗯，好像叫什麼……冬，冬末的！」水煙苦苦思索，一敲掌心，「沒錯！就是這個名字。」

「對人間沒影響嗎？」

「神獸的人形要修煉幾百年才會有，所以短時間內，應該不用擔心擾亂人世吧？」水煙自己都不太有把握。

「好吧，那大人打算交給誰撫養？」雲娘愛憐的摸摸藤籃內的小貓，小貓卻把她的手指，誤以為是自己的母親，閉著眼睛吸吸吮吮。

「帶來妾身這是要給妾身嗎？」雲娘的眼睛亮晶晶的。

雲娘正打算更進一步抱起小貓，一旁的小八卻嘶吼著大叫，屋頂快要被掀了。

雲娘無奈，只能收手，「看來小八很不喜歡這孩子啊……」她有點惆悵，沒想到這小貓意外的得她的緣。

水煙撇撇嘴，「牠都讓妳寵壞了，心腸特壞。」

他從懷中抽出一本冊子，「妳看這個人怎麼樣？是在我底下管轄著的一個凡人身分的陰差，其實也沒想要給妳，畢竟那瘋子千交代萬交代要給凡人撫養，我看來看去也只有他合適了。」

「俞平？是個什麼樣的人。」雲娘來回摩挲著提籃的外圍，很想再摸上一把小貓，只是小八看得緊，死死不肯讓她碰一下小貓。

「是個有點凶的傢伙，跟陰間簽了長約。」水煙想了一會，給了一個結論，「不過人也還算不錯，煮得一手好菜，這小貓可別給他養成了跟小八一樣才好。」

「像咱們小八有什麼不好？」看著小八動輒得咎的模樣，雲娘頭疼的乾脆把牠抱到身上，一下一下拍撫著，白了一眼水煙，都什麼時候了，還來添亂。

「咱們小八？好啊好啊！『咱們』……的小八當然好。」水煙笑得一臉滿足，又古古怪怪，彷彿這兩個字塗了蜜一樣。

哎被師傅一點，通了糾結萬分的心意，現在看什麼都是挺好的，就連雲娘說的「咱們」，在水煙耳裡，聽起來也是相當悅耳。

「……大人真沒被那瘋子傷了？」雲娘狐疑的看著，想想不妥，又伸出手，往水煙的額頭上一探，才剛剛入冬，她穿著寬鬆的長袖上衣，一抬手，袖口的部分就往胳膊的地方滑落。

雲娘雪白的胳膊，在水煙面前晃。水煙一下子滿臉燒了起來。

「還真的有點燙呢……」雲娘自言自語著，看著又不知道雲遊到哪裡去的水煙，打算再沖一壺熱水，些許喝了之後會好些吧？

「妳、妳別忙了，咱們還是先送這小傢伙過去吧？」

水煙回了神之後，嚥了一口口水，腦海中拚命回想四書五經，孔老夫子啊，您快救救學生吧！

上無高堂不要緊，可不要讓學生做出敗壞道德的事情啊。

「我不要。」

俞平一臉冷酷，推開了水煙送過來的提籃，兀自低下頭煮著鍋燒湯麵，麵條Q彈有勁，在鍋子裡優游成一片，熱氣往上冒，在劍拔弩張的水煙與俞平之間飄盪，香氣十足，引人食慾大動。

「你不能拒絕。」水煙咧開了嘴，又把提籃往前推，「這是契約的一部分，你要替陰間做事，現在有一個任務交給你，就是照顧這隻貓，將來牠長大也是你的監督使。」

水煙表面說得義正詞嚴，內心卻有點心虛，他們當初簽的契約裡面，可沒說要養一隻活生生的貓啊……

「我不養貓。」俞平垂下眼，冷冷的看著鍋裡，喪女之痛還在他心口，像是一道永遠不會癒合的傷口，他不想養貓，也不想養任何東西，他沒有能力養任何東西。

「每一位委外陰差都要有一個夥伴啊，你孤身一人，如果出了狀況怎麼辦？」水煙鼓起三寸不爛之舌，他的名單裡面可沒有第二個適合的人選了。

「我不需要。」俞平再次一秒拒絕他。

「……考慮一下也不行嗎？」水煙可憐兮兮。

他軟硬兼施，穿著凡人的衣服，在俞平的麵攤，兩個人拉扯著，就為了眼前小提籃的最終歸屬。

「……」

實在是不想太過不給水煙面子，俞平打開了提籃的蓋子，裡頭的小貓，卻正好伸了一個懶腰，還張開雙眼，柔軟的眼神，跟他對上了幾秒。

啪！俞平用力的蓋上提籃。

這小東西有點可怕。

「真的不能撫養牠嗎？」一旁的雲娘也跟著哀求，因為風大的關係，她戴著一頂軟帽，遮住了大半的容顏。

雖然他們站在俞平熱呼呼的攤子前，但是夜色已經降臨，甚至起風了，而這隻貓兒還這麼幼小，在冷風裡吹久了總是不好。「牠被自己的父母拋棄了，還很小，需要人照顧。」

俞平仍然沒什麼反應，低著頭盛麵。

他試圖忽略提籃內，那從剛剛打開之後，就沒斷過的細細喵聲，那貓兒仍小，小得跟巴掌大，看牠一眼，就能使人瘋魔。

跟孩子剛出生一樣的眼神。

想起了自己幼女剛出生的樣子，全身皺巴巴的，就一雙眼睛骨碌碌的轉，不哭不鬧，牢牢穿過醫生們，看著站在不遠處的爸爸。

罷了，貓總不會從窗外一躍而下，摔成一灘爛泥吧？不對，這可不好說，自己現在住的地方，不知道窗子外頭有沒有鐵絲？才三樓的高度應該還好吧？

從來沒注意過這些小細節的俞平，低頭沉思了起來。

「牠吃什麼？」俞平放下手上的勺子，深深吸一口氣。

「牠什麼都可以吃。你別把牠真的當貓養，這可是神獸啊！神獸你懂嗎？跟天人們混在一起，力大無窮、能力不明……」水煙的聲音慢慢小了。

俞平瞪他一眼，這種東西也敢塞給自己？

水煙眼見俞平軟化了一些，趕緊把提籃遞過去，只是他自己內心也七上八下的，這小傢伙給了俞平，不知道會不會性命堪憂。

神獸應該沒這麼容易死，也沒這麼容易鬧肚子吧？

「行了。」俞平沒好氣的白了一眼水煙，「我會照顧牠，你們快走吧，我要做生意了。」

揮揮湯勺，水煙他們繼續站在這，待會就擋到客人點東西吃了。

「拜託你了。」雲娘深深彎下腰，拉著水煙一鞠躬。

「我堂堂陰官為什麼要……」水煙還來不及反應，就被雲娘一起拉下腰，兩人齊齊一鞠躬，確定把冬末拜託給俞平了。

「嗯。」

等他們走後，俞平打開了提籃的蓋子，裡頭的咖啡色小貓，立刻趴到了籃邊，蹭著俞平還溫熱的手，連上頭的芹菜末，都蹭上了自己的鼻頭。

「笨蛋，都沾得滿臉了。」

小貓喵喵叫，牠很久沒有被人這樣關愛的注視著了。不過牠還很小，還不懂得難過是什麼情緒，牠只是又更大聲的叫著，霸佔眼前所可以看到的所有溫柔。

「你會說人話嗎？」

「喵喵！」

「看來是不會啊，這樣也好，省得我嫌你吵。」

「喵喵喵喵喵！」小貓喵喵抗議著。

完全不知道以後會跟這隻軟嫩小貓展開什麼樣新生活的俞平，稍微慶幸了一下，他可沒真打算再養個孩子呢！畢竟如果他知道未來的光景，恐怕現在就會將這隻貓給塞進鍋子裡煮了。

真是可恨的小東西啊……俞平邊逗弄著貓兒，邊暗自心想。

遙遙無期的貓奴之路，從此開始。

回去的路上，雲娘屢屢回望。

她不捨小貓兒，又記掛小八的心情，踟躕的跟著水煙走，一路沒開口，只是回頭了好幾次，水煙知道她的心情，只是默默引著她走，兩人竟一路無語。

臨近入冬了，其實小島的氣候還算溫暖，尤其是中都，傍晚時分，只微微添了涼意，只是這次雲娘不想入世，才遮掩著自己的容顏。

他們走著走著，兩人的心裡頭各擱著事。

「大人……」、「妳……」

同聲開口，也同聲打斷了對方，相視一笑，水煙彎彎腰。「妳先說吧？」

「呵……妾身總是這樣。」雲娘繼續走著，看著眼前的凡人來回穿梭。「那些能依戀妾身的，妾身總想留在身邊，左來寶是，李宜樊也是，看了一眼就忘不掉的那貓兒也是。」

水煙沒回話，只是輕輕拍了她的手臂，在他心底，這樣溫婉的雲娘，卻有著極度堅強的母性，她漫遊人間，無根無蒂，把凡人看作自己的眷族，這再正常也不過了。

「他們不一定非妾身不可，是妾身自己托大了。」雲娘繼續往下說，撿著自己的缺點說，但她的面容沉靜，彷彿淡然得在談論別人的事情。

她越說越多，水煙卻覺得越來越刺耳，他可不許任何人這樣說他的小花兒。

「不是這樣。」水煙的聲音忽然響起，雲娘這會兒是鑽入牛角尖去了。「我們……都讓妳照顧了。」

讓雲娘照顧過的人，不管是情感、習慣，總是把雲娘當成家一樣，大家來來去去，能走的人走了，不能走的，像是自己……就想永遠留下來。

「有妳，很好……」

水煙煩躁的扒扒頭髮，該死！他本來不只想說這些的。可是這些話，卻全都堵在胸口，繞啊繞得找不著出口。

雲娘瞪大眼睛，水煙的直截了當，讓她有些許意外。

她抬起了手，微微的搭在水煙的臂膀上，兩人之間保留些許距離，眉目卻是親暱的。

「能夠跟大人締結契約，妾身也覺得很好。」

就算漫遊了人間千年，那又如何？

她的眷族，花開花落，只求那麼一燦，她有賞花人，得了空就來賞她，她這漫長的一生，似乎終於找到落腳處了。

又走了一段路，水煙抖著臂膀，什麼話都說不出來，直到雲娘低低說了一句，「大人還沒看過妾身開花吧？妾身的花期雖然還有一些日子，不過提早開給大人看一次……也行的。」

她的聲音聲如蚊吶，低不可聞，只是兩人距離只一手掌寬，水煙還是聽得仔細，他的心神慢慢的寧定，知曉對方的心意，就稍微減緩了一些懼怕。

害怕因為表明心跡，而失去對方的恐懼。

「妳也還沒聽過我吹簫吧？」水煙笑著問，低下頭，在雲娘耳邊說，「我的師傅恨死我了，說我學得很差，但是我這會卻覺得，我吹給妳聽時，必是好聽的。」

「妾身相信你的，水煙大人。妾身的命妾身的情是大人給的，也永遠只會在大人面前自謙。」雲娘低眉順目，她雖是人魂，卻從人世誕生，她讓人間倫理薰習了一輩子，這是她刻在骨血裡改不掉的認知。

一開始或許是玩笑，但現在她也不是矮自己一截，而是她永遠認定了水煙。因此她將一輩子自謙妾身，永遠喚著水煙一聲大人。

「……好。」水煙眼眶發熱，他懂雲娘，如同雲娘懂他。

他接受了這個稱呼，他們將永遠相伴。

◌　◌　◌

很不合時宜。

雲娘坐在椅子上，一身棉質的長裙，批著一件外衣，看著眼前的水煙，正自顧自的吹著長簫，簫管細長，斑駁的色澤染著簫管。

水煙穿著牛仔褲，上身一件長袖白衣，配上一管竹簫，真的很不合時宜。

但是簫聲婉轉繚繞，低聲迴繞，水煙的指頭輕輕按著長簫，瀟灑得像是一幅畫，誰說只有美人能入畫，美男子也能賞心悅目。

水煙吹給雲娘聽的簫聲，其實不夠灑脫，不夠俐落，若是老師傅來評上一句，就會說太過汙濁。

可是汙濁得很好。

就像這人世一般，就像這一生的情感，到頭來，誰還能是清清澈澈的呢？因為心上的那一個人，從懵懂無知開始，慢慢的染上更多的情緒。

本來只是想尋你，你萌發了我的情感，我就執著的想見你一次。

雲娘輕嘆，眉眼微熱，可是現在怎麼的，卻習慣在此等候你。

她不懂音律，卻聽得出來，水煙的簫音微微發著抖，只因這樂聲當中，是藏不了心思、騙不了人的——他也如同自己一般惶恐又踟躕。

她的眼眶一熱，低垂著頭，幻化出真身來，巨大的豬籠草，第一次完整展現在水煙的身旁，不帶任何殺意，晶瑩剔透的草籠子，發著淡黃色的光芒，微微搖擺著，和著簫聲，一下又一下。

她綻放著自己的花朵，那繁碎的鵝黃色花朵，沾著一抹豔紅，她的心因水煙而悸動，她的花因水煙而綻放。

繁花綻放時，情意無多辭。

這簫聲從窗子透了出去，一直飄盪了很遠的地方，連路上的行人都不由自主的停下來，佇足在街道上，側耳傾聽，這是一首很老很老的樂曲了，已經鮮少有人可以分辨出來。

他們只是隱約得覺得心底有股情感，正微微的騷動。

公寓底下的老土地，拄著枴杖緩緩現形，他也還在這裡，他要挪窩可不容易。

他一口喝光供桌上的供茶，還悠悠哉哉的剝了一顆橘子，邊喃喃自語邊點著頭，這簫聲極對老土地的胃口，他不喜歡嘈雜的樂聲，這樣淡淡的，讓人想起了很多事情。

只是分辨不出是哪首樂曲，讓老土地有些許不滿，心裡打算，趕明著要上門去問一問那個小子了……

不過分辨不出來也無所謂，這簫聲使人迷醉，只因水煙的情意全都加在裡頭了。不能鎮魂，卻能萌情。

還在陰間的老師傅，讚許的點點頭，他對自己的學生動向，可是一點一滴都很清楚，那根竹簫也是他贈與水煙的，他又何嘗不知道水煙正在凡間，用盡了心力，只為了成就這一首樂曲。

〈鳳求凰〉。

老師傅搖頭晃腦的唱著古樂詞。

有一美人兮，見之不忘。
一日不見兮，思之如狂。
鳳飛翱翔兮，四海求凰。
無奈佳人兮，不在東牆。

著琴音的節奏，拍打著桌上。〈鳳求凰〉當年成就了司馬相如，今日能否成就你唐水煙？老師傅微微笑著，慢慢佐

龍生九子，子子不同，同樣的教法，也不一定能帶出一樣的學生。

閻王的希望要落空了，水煙這學生終究不夠灑脫，鎮不了別人的魂，鹿角當日竭盡全力，也才勉強能彈七日罷了。

不過好在水煙雖無法鎮魂，卻也能萌情。人間有情，才能祥和。

很好，這樣很好。

老師傅左搖右擺，世間的一切，過了這麼久的歲月了，還是這麼的別出心裁，教一個學生就是一個驚喜，希望學生能早日抱得美人歸啊，他這師傅也才能喝上那麼一杯喜酒……

願天下有情人啊！終成——眷屬。

只要有情人，都能得到幸福。

——番外　曲終未散　完

番外　芙蓉獵鹿

宮殿閣樓裡一片昏黑，連一盞油燈都沒點上，靜悄悄的一片沉寂，只能隱約瞧見一抹人影，獨自端坐床板上，她長髮流洩，看得出來是名身段柔軟的女子。

她是芙蓉，正在自己的芙蓉帳裡沉思，她面無表情，扳著手指頭數日子，她小心翼翼的數，彷彿這是一件世界上最慎重的事情。

她仔細數了幾次，終於放下纖細的手指，有了一個結論——

今天就是百年的最後一天。

距離那場大戰過後的第一百年的最後一天，這些日子以來，芙蓉翹首以盼，鹿角卻遲遲未歸。

當初鹿角頭也不回的撒開蹄子就走，芙蓉不是不傷心，但她讓自己放鹿角走，她尊重鹿角的選擇。

但她的耐性僅有百年，鹿角如果不回來，她就親自去逮他回來。

芙蓉掀起紗帳，赤足踏上石板上，她解下髮叉，披散著長髮，往妖王奇凜的宮殿長驅直入，她面無表情，沒有任何一名侍者膽敢阻攔她，她直接走到奇凜的寢宮，砰的一聲推開大門。

奇凜醉了，正躺在柔軟的大床上呼呼大睡。

芙蓉走了過去，揪起奇凜的領子，把他從床上揪起，高高拎起，奇凜打了一個激靈，睜開雙眼一看竟是芙蓉，嚇得他驚呼出聲。

「喂！妳幹什麼？」奇凜氣呼呼的掙脫，往後一跳。

「我要去找鹿角。」芙蓉平心靜氣地敘述著。

「……那我的妖界怎麼辦？」奇凜大驚失色。「妳不能這麼不負責任啊！妳想找鹿角，可以派人出去找，整個妖城裡的人手隨便妳用，我連一句話都不會說啊！」

「我要親自去帶他回來。」芙蓉不為所動，伸出手，「給。」

她掏出袖中的印鑑，往奇凜身上一塞，頭也不回的走了。

「喂喂喂！妳給我回來啊！」

奇凜急得在大床上大叫，想追出去又發覺自己沒穿褲子，他在寢宮門口還有床上來回奔跑了幾次，只能頹喪地抹一把臉，對著床上的印鑑發愁，他不是追不上芙蓉，而是知道自己根本攔不了她。

芙蓉一心想走，今天不走，明天也會走，除非鹿角回來，自己才有清閒的日子繼續飲酒澆愁，他想到這裡，清了清嗓子，對外大喊：「來人！快來人啊！本王要下急令啊！」

芙蓉施施然走在原野上，她毫無頭緒，鹿角不知所蹤，她更不知道從何找起，她只是不斷地走著。

當她還是一盆芙蓉花的時候，從未想過自己能成妖，但鹿角把她帶回了妖界，細心呵護，等著她化形，等著她成妖。

芙蓉對於鹿角的心思非常曖昧不清，他又像是父親、又像是哥哥、但鹿角從未對她有任何期待，他沒有用父輩的枷鎖綁住芙蓉，他只是像一個孩子一樣，單純的期盼芙蓉能活下來。

然後放她自由生長。

而芙蓉活下來了，活了很多很多年，她甚至成為妖界的副管理者，不是她自誇，整個妖界的大大小小瑣事，都是她在打點，鹿角跟奇凜並不擅長這些，他們那些男人，一個崇尚武力，一個癡戀過去，兩人都不是心細如髮的主。

不過自己難道就是嗎？

芙蓉搖搖頭，鹿角不擅長的她就接過來；鹿角懶得打點的，她就特別注意；鹿角不想特別梳理的，她就耐著性子一個一個整理。

她性子張狂、驕縱，卻活得像是鹿角的一抹影子，鹿角缺什麼，她就補上什麼。

只是她心甘情願，她甘願停在鹿角伸手可得的地方，這麼多年了，她與鹿角知根知柢，她當然知道鹿角心頭上的那抹倩影，她也不曾想過要取代或者是爭奪什麼，現在這樣很好，她與鹿角的歲月無窮無盡。

情啊愛的太飄渺，他們是兄妹，他們可以相伴千年不只。

鹿角想走，她可以不留。

但她說過了，僅有百年，鹿角就得回來見她，這是她一個妹子所能有的最大耐性，她不是不害怕，每每午夜夢迴，她都想著，鹿角是不是落入誰的口腹之中。

修妖不難，尤其是在妖氣充沛的妖界，但是也不是一路平順，尤其是尚未成妖的鹿角，任何一個妖種只要一根手指頭，都能輕易的捻死他，像是殺一隻螞蟻一樣簡單。

所以她的耐性僅有百年，鹿角不肯回來，她就去找他，把她的大哥找回來，這也是一個做妹子的責任。

妖界很大，大到所有的妖種都能有一片容身之地，這是獨立於三界以外的地方，饒是她堂堂副妖界管理者，也不可能施術找遍每一寸角落，她只能一天一天的走過，獨自漫遊於妖界的土地之上。

她走過很多地方，看了很多的風景，一直有妖城的風聲傳過來，她在找鹿角，奇凜也在找她跟鹿角，她失笑，奇凜想必焦頭爛額，一個妖界的大大小小瑣事，比他想像的還要多上很多、難上數倍。

但是她只能忍耐到此了，她是為了鹿角才勞心勞力，現在鹿角走了，她也只能忍耐到百年為止了。

「你到底在哪裡呢……」芙蓉從鄉鎮走向荒野，她親自畫了一張鹿角真身的畫像，逢人便問，但除了她，又有誰能分辨一隻鹿的長相呢？

更何況，鹿角是否已能幻化人形，連她都不知道。

她找了很久，滿身風霜，時間一年一年過去了，她從最初的信心滿滿，到最後忍不住困惑、茫然，她拒絕去想鹿角是不是已經不在這個世上了，但她的心底卻像鑿開了一個深幽的洞，偶爾傳來一陣一陣的刺痛。

最後她得了一個消息，有人輾轉告知她，在某處的山林裡，見過這樣的一頭鹿，那人說他印象很深刻，因為這頭鹿形單影隻，彷佛跟一大群鹿兒格格不入，瞅著人的眼神彷佛有話語想說，最後卻仍是踏踏鹿蹄，又往山裡頭去了。

那人是個行走商人，往來於各妖鎮之間，他最後一次見到神似鹿角畫像中的那頭鹿，已經是兩年前的事情了。

他所說的那座山林地處遙遠，並沒有什麼人煙，那個行走商人也是碰巧迷了路，才會拐到那裡去。

但不管他所說是否屬實，芙蓉仍要前往一探，兩年過去了，這時間不短也不長，或許鹿角還在那，或許不在。

但就算不在了，她總是能探探消息，說不定還能知道鹿角又往哪裡去了，當然，前提是，那個行走商人看到的真是鹿角。

芙蓉趕了過去。

她以為自己落空了這麼多次，早已經冷靜自持，每次以為鹿角會在什麼地方，偏偏到了之後卻又只是空穴來風，她早已習慣如何面對。

但這次她真的累了。

她到了那座地處偏遠的山林，在一片竹林中穿梭，不斷喊著鹿角的名字，竹葉擦過她的臉頰旁，劃下細細的傷，她本不該這麼狼狽，但這麼多年的苦苦追尋讓她疲憊不堪。

她想起雲娘，想起她也是這樣漫遊在人間，但她本不識水煙，不像自己，全心牽掛。

她找遍了整座山林，這是個妖氣相對低落的山脈，所以並無任何妖族居住，只有桂竹長滿了一片又一片。她不懂鹿角為什麼要來這裡，她連行走商人說的是不是真的都無法確定了。

她真的累極了，她茫茫然前行，又跌坐在地上，一抹臉上，竟然一臉的淚水。

她以為自己能夠把這次看作過往千百次的必經過程，卻不知道她心底的黑洞已經快將她吞噬殆盡，如果鹿角真的不在了，那她又該如何自處？

「你在哪裡……我說過只給你百年，你怎麼不守信諾？」芙蓉哭得一把鼻涕一把眼淚，抹在裙襬上，髮飾全部散落，妝顏悽慘無比。

她哭得無法自抑，只她一個人等著，等著這百年的承諾，鹿角就這樣轉頭就走，百年再無信息，她又氣又急，卻不知道妖界之大，鹿角到底在何方？

蹄子踩著落葉的聲音響起，在她耳邊細碎的傳來，芙蓉沉浸在自己的哭聲當中，絲毫未覺。

一頭壯碩又絕美的公鹿，頂著昂然的鹿角站在她前方。

牠開口，「別哭了。」語氣滿是無奈。

「你終於肯來見我了。」芙蓉連頭沒抬起來，哭聲更大，她是裝模作樣沒錯，這裡的確有鹿角的氣息，她一踏入山腳下便知，但鹿角存心躲著她，她越來越傷心，也只能坐在枯葉上放聲大哭。

鹿角無語。

「你怎能這樣，你明知我在找你，卻不肯見我一面。」芙蓉哭得斷斷續續，還不忘埋怨著鹿角的狠心絕情。

「我不是不想來，我……」公鹿張口，口吐人語，「妳看看我，連化形都做不到，我又有什麼顏面去見妳？」

「這樣也很好啊！」芙蓉哭得雙眼紅腫，眼淚彷彿珍珠一樣，不斷灑落泥地，她抬頭，看著安好的鹿角，終於忍不住撲了過去，抱著公鹿的脖子不斷抹眼淚。

「這樣哪裡好，鹿不鹿、妖不妖的……」鹿角嘆氣，實在不知道該拿這個妹子怎麼辦？他心底有人，有抹影子，雖然過去很久了，卻仍牢牢停駐。

他這次被打回原形，也是有心要躲，芙蓉心裡有他，這他是知道的。但他無法回應芙蓉，只能兄妹相稱，所以他頭也不回的走了，他不能在妹子面前露出如此脆弱的模樣。

但沒想到，百年前，芙蓉站在草原邊上哭泣的模樣，仍然成了他心上的心魔，他無法忘卻芙蓉面無表情卻張著眼睛流眼淚的模樣，他一再懸掛心頭，最後成了現在這樣，高不成、低不就。

變成了一隻「鹿」。

「我們回家吧？」芙蓉哭聲問歇，她當然不知道鹿角心裡頭在想什麼，但是對她來說，鹿角永遠是她的大哥，是當初將她從人世帶回來的千年鹿妖。「妖城裡面沒有你，我……寂寞。」

芙蓉的聲音很小，但她緊緊抱著鹿角，鹿角仍然聽得一清二楚。

他想走，芙蓉的這句話又打在他的心臟上，是啊！他們的歲月漫長，幾乎稱得上無邊無際，他又有什麼好彆扭的呢？自家妹子說她寂寞了，難道做哥哥的，還能不陪著她嗎？

鹿角嘆口氣，「妳不嫌棄這樣的我嗎？」說到底，他還是有些自尊心在作祟。

芙蓉放聲大哭，什麼話都沒說。

「行了行了，我們回去吧！」鹿角頭疼，早知道不問這句了。

他揹起芙蓉，讓芙蓉伏在自己背上，聽著自家妹子斷斷續續的哭聲跟抱怨，他忍不住失笑，未來的路還很長，現在，就暫且別想太多，妹子開心最重要了……

——番外　芙蓉獵鹿　完

後記

《繁花綻放時》終於出版了，這是一個很特別的故事，很不輕小。

但我想寫，我想寫放蕩不羈的水煙，背後是什麼樣的故事，我想寫一向溫婉的雲娘，又會為了什麼事情大動干戈。這個故事裡頭的人、妖、鬼，都有無窮無盡的歲月，所以他們的時間過得很快也很慢。

故事的節奏不太好拿捏，時間過得太快，但他們卻溫溫吞吞的還在原地。

我想逼迫他們快點前行，他們卻愁容滿面，他們都有一些缺點，都有一些需要成長的地方，但也因為這樣，我寫起來痛痛快快，他們人性十足，就像你我，能哭、能笑。

我都戲稱這是一個古典言情的故事，我本來以為以妖怪與陰差為基底，故事不會太難寫，再怎麼樣的難題，只要派出水煙耍寶，總能順利迎刃而解。但沒想到，他卻貨真價實的展現了他哀愁的那一面，搞得我幾乎拔光一頭亂髮。

他與雲娘的情也很難掌握，他們屬於慢火熬燉的那一種，自自然然的在一起，卻一世再也不分離，說到底或許這是我自己想望中的投射，我也希望能遇到這樣子長情的人，不必有太多波折，卻能彼此認定。

當然，以故事的標準來看，他們可能愛得不夠「翻天覆地」，但我想，這會是他們最好的樣子，他們愛情裡最美的姿態。

我是這樣覺得的，你們呢？

還是謝謝你們，從《陰陽關東煮》一路陪我到《繁花綻放時》，它們都是我的心頭寶，我現在將它們送給你們，希望也能在你們的心底發芽生根，長出屬於你們獨特滋味的美好花苞。

並在最恰當的日子，綻放。

逢時

二〇一三十二月十一日 於汐止

輕世代
FW048

歲時卷之

陰陽關東煮 上

在這間小小不起眼的日式食堂裡，有個「非人」才知道的祕密。
平日以美味關東煮征服客人味蕾的俞平，
接下陰間任務後，轉身一變成爲人間陰差，
在貓咪監督使冬末監察之下，爲亡者傳遞最後一縷執念。

每個人心中都留存一個懸而待解的執念，
是不是吃下他手中這碗暖呼呼的關東煮，
他們都能毫無牽掛的踏向黃泉歸途？

逢時 著　Sawana 繪

PTT Marvel版人氣作家 逢時 獻上讀者推爆作品第一彈！
一段段貫穿三界的悲歡離合即將上演！

特偵X
-ten-
全六冊
不管多兇惡的鬼，
剛開始也都是人殺的……
特偵組裡有一個神祕的第十隊，
他們專辦「非人」的案件……
失去一切的蘇雨，捨棄天師的身分投身警界效力，
能力超群，卻逃避的不願去面對一切有關「非人」的事件，
陰錯陽差之下他受命接下偵十隊的擔子，
帶領一群成事不足的小菜鳥天師辦案，
也讓他的命運再度與數年前的慘案繫上。
已逝者喚不回，人類藐視鬼神的所犯下的災厄卻還沒停止，
在重重的謎團之下，還未成熟的十隊該怎麼面對前所未有的難題？
蒔舞 著
KituneN 繪

高寶書版集團
gobooks.com.tw

輕世代 FW065
歲時卷之繁花綻放時 下

作　者　逢時
繪　者　Sawana
編　輯　許佳文
出　版　英屬維京群島商高寶國際有限公司臺灣分公司
Global Group Holdings, Ltd.
地　址　臺北市內湖區洲子街88號3樓
網　址　gobooks.com.tw
電　話　(02) 27992788
電　郵　readers@gobooks.com.tw（讀者服務部）
pr@gobooks.com.tw（公關諮詢部）
傳　真　出版部 (02) 27990909 行銷部 (02) 27993088
郵政劃撥　19394552
戶　名　英屬維京群島商高寶國際有限公司臺灣分公司
發　行　希代多媒體書版股份有限公司/Printed in Taiwan
初版日期　2014年1月

◎凡本著作任何圖片、文字及其他內容，未經本公司同意授權者，均不得擅自重製、仿製或以其他方法加以侵害，如一經查獲，必定追究到底，絕不寬貸。
◎版權所有　翻印必究◎

國家圖書館出版品預行編目(CIP)資料

歲時卷之繁花綻放時 下 / 逢時著. -- 初版.
-- 臺北市 : 高寶國際, 2014.01-
冊;　公分. --

ISBN 978-986-185-939-2(平裝)

857.7　　102022217

三日月

三日月

GOBOOKS
& SITAK
GROUP©